VENDUE

BIANCA COLE

Traduction par

CELINE VALENZA

Roman traduit par Celine Valenza

❀ Réalisé avec Vellum

RÉSUMÉ

Il remporte les enchères et tombe dans mon piège.

Ils croient m'avoir maté. Ils sont persuadés que je vais obéir. Ils imaginent que j'ai tout oublié.

Mais ils ignorent que je suis plus forte qu'il n'y parait.

La vente aux enchères des vierges est prévue aujourd'hui : je suis à vendre, j'ai tout organisé dans les moindres détails.

Trois ans que j'attends, l'heure de ma vengeance a sonné. Un seul contact de sa main suffit à abolir la distance séparant la captive de son ravisseur ; il n'est pas l'homme auquel je m'attendais.

Je commence à douter de ce qu'on m'a dit. Mon cœur est aux abois, je suis censée tuer cet homme.

Si ma mission échoue, mon passé pourrait nous engloutir tous les deux.

1
ANDREI

— Monsieur, c'est l'heure, déclare Alexi en passant la tête par la porte de mon bureau.

J'opine et il me laisse. La vente aux enchères des vierges a lieu ce soir. En tant que *pakhan*[1] de la mafia de New York, je suis dans l'obligation d'y assister.

À trente-deux ans, je suis le plus jeune *pakhan* de toutes les mafias d'Amérique du Nord. Je compense mon jeune âge et mon manque d'expérience par une approche musclée, la seule solution pour conserver le pouvoir est de régner d'une main de fer.

Je suis né dans ce milieu, un milieu que je n'aurais pas choisi mais bien souvent, on ne maîtrise pas tout.

Cette vente aux enchères de vierges a lieu chaque année. Je déteste y assister car je cède à la fièvre acheteuse sans coup férir, mes acquisitions contribuent à alimenter mon image de chef cruel. J'achète une vierge par an, je couche avec avant de m'en débarrasser. C'est du moins ce que tout le monde croit.

Tous ignorent que ce manque apparent de délicatesse est aux antipodes de la vérité. Même Alexi, mon *sovietnik*[2], ignore la vérité. Si elles refusent de coucher avec moi, je leur fiche la paix.

Ce qui me rebute le plus, c'est qu'une femme me repousse. Penser que des hommes puissent forcer ces pauvres créatures me rend malade. Je choisis de les employer dans l'une de mes nombreuses propriétés disséminées aux Etats-Unis. Comparé au traitement qu'elles ont subi au cours des douze derniers mois, vivre en ma compagnie est une bénédiction.

J'éteins mon ordinateur et me lève de mon fauteuil. Le miroir en pied fixé au mur de mon bureau attire mon attention. Quand je me contemple, je ne reconnais pas l'homme que je suis aujourd'hui.

Je lisse le devant de mon costume sur mesure et j'ajuste ma cravate pour m'assurer d'être à mon avantage. Une mèche de mes cheveux bruns rebique, je la remets en place. Ma barbe mériterait d'être taillée mais je n'ai pas envie de m'en occuper pour le moment.

Le poids de mes fonctions pèse sur mon âme, écrase le peu qu'il en reste. La vie au sein de la Bratva, c'est du sang, encore du sang, toujours du sang. La souffrance, la douleur et le mensonge sont notre combustible, autant d'éléments qui ont suffi à détruire l'homme de jadis. Ne subsistent de l'homme d'alors que des vestiges, des restes méconnaissables.

La vente aux enchères se tient au Strelka, l'un de nos

clubs sélect en centre-ville. Nous l'avons fermé aujourd'hui pour la vente aux enchères, l'entrée est exclusivement sur invitation. Bien qu'appartenant à ma branche mafieuse, les organisateurs qui orchestrent les enchères des vierges sont au bas de l'échelle.

Ils aiment briser des jeunes femmes mentalement et les torturer des mois durant. En règle générale, les femmes que j'achète ont tout oublié de leur identité ou de la vie qu'elles menaient avant d'être capturées par les esclavagistes.

Je sors de mon bureau, Alexi m'attend.

— La voiture est prête, monsieur.

Je lui adresse un signe de tête sans décocher un mot. Il m'emboîte le pas, veille toujours à respecter mon grade de chef suprême. Alexi s'est montré le parfait *sovietnik* dévoué depuis que je suis devenu *pakhan* le jour de mon trentième anniversaire, il y a deux ans.

— Tout roule comme sur du billard ? je demande, sans me retourner pour le regarder.

— Oui, monsieur. Nous avons arrosé la police de New York pour éviter toute perturbation ce soir.

Nous avons plusieurs contacts au sein de la police de New York, tous bien contents d'accepter des pots-de-vin et de fermer les yeux sur nos opérations. La police est aussi corrompue que les organisations criminelles de cette ville, plus de flics que vous ne l'imaginez se remplissent les poches avec notre fric.

— Parfait, dis-je en sortant de mon appartement de Manhattan. Deux de mes hommes postés de part et d'autre de la porte d'entrée me gratifient d'un signe de tête respectueux.

Le brouhaha des passants sur le trottoir et le bourdonnement des moteurs saturent l'atmosphère. Un SUV blindé aux vitres teintées attend dans l'emplacement qui m'est réservé, moteur en marche. J'ouvre la porte arrière et me glisse à l'intérieur, j'appuie ma tête contre l'appui-tête.

Alexi s'installe côté passager. Une fois sa ceinture bouclée, Yakov, mon chauffeur, s'éloigne de la maison. Strelka est à dix minutes de route selon la circulation, pas trop dense. Je ne comprends pas pourquoi j'ai hâte que cette soirée se termine.

Les apparitions publiques ne sont pas mon passe-temps favori, il y a toujours un risque que quelque chose tourne mal. Cette vente aux enchères de vierges regroupe des *pakhans* d'autres mafias nord-américaines de la Bratva. L'atmosphère y est tendue et dominée par les mâles alpha. Tous veulent prouver leur suprématie et assoir leur domination.

Les traditions de la Bratva ont quelque chose d'avilissant et manquent de raffinement. À la mort de mon père, j'ai voulu changer la donne mais mes hommes me l'ont déconseillé.

Un chef qui témoigne de la pitié et du dégoût pour nos méthodes, méthodes que nous avons appliquées pendant des années, est un chef que l'on peut renverser facilement.

A défaut, mes confrères les plus proches m'ont conseillé de faire preuve de brutalité. J'ai suivi ce conseil à contre-cœur, sachant qu'il était vrai. Je suis heureux de ne plus vivre en Russie. La dernière fois que j'y suis allé, je me suis juré de ne plus jamais y retourner. La Russie est encore plus dépendante du mode de vie de la Bratva. La brutalité est un cran au-dessus de ce que nous connaissons ici en Amérique.

Ce fut une bénédiction lorsque l'élite moscovite nous a chassés, mon père et moi, de notre patrie, un pays que je ne reconnais plus. L'Amérique est mon chez moi, désormais. J'y vis depuis l'âge de vingt-deux ans.

Nous avons prospéré ici, et les dirigeants actuels de la Bratva russe ne l'ont pas supporté, raison pour laquelle ils ont assassiné mon père il y a deux ans, alors qu'il circulait dans cette même rue.

Les membres de la Bratva de notre pays d'origine ont essayé de nous tuer depuis qu'ils nous ont chassés. Il y a deux ans, ils ont réussi.

Je me souviens de ce jour comme si c'était hier. Le jour où je ne l'ai pas accompagné à une réunion parce que j'avais de la fièvre. Une minute après qu'il ait quitté la maison, j'ai entendu l'explosion. Nos ennemis ont fait sauté sa voiture cent mètres plus loin.

Ce fut le pire jour de ma vie. Mon père était peut-être le *pakhan* redouté tout-puissant de notre organisation, pour moi, c'était simplement mon père. Un homme qui s'est occupé de moi depuis que ma mère nous avait abandonnés tous les deux alors que je n'étais qu'un bambin.

Sa mort n'a fait que réaffirmer la vérité qu'il avait essayé de m'inculquer des années durant. Garder le contrôle requiert une main de fer, la douceur n'y a pas sa place. Sa mort a été un tournant décisif pour moi, un virage qui a fait de moi l'homme que je suis aujourd'hui. Impitoyable vu de l'extérieur, quoi qu'il arrive.

Mon père avait une faiblesse, et cette faiblesse, c'était moi. Les gens ont observé la façon dont il me traitait, ils ont remarqué sa sensibilité, une facette de mon caractère que j'ai toujours cachée, quoi qu'il en coûte.

— Nous sommes arrivés, monsieur, annonce Yakov en s'arrêtant devant le Strelka. J'acquiesce et je sors, je lisse mon costume en mettant les pieds sur le trottoir.

Alexi se retrouve à mes côtés en un clin d'œil, il me coule un regard inquiet. Il s'inquiète toujours pour moi, voilà pourquoi Alexi est le *sovietnik* idéal. Je n'ai pas de frères ni de sœurs mais il est ce qui se rapproche le plus d'une famille.

— Essayons de ne pas énerver les autres *pakhans* cette fois-ci, me prévient-il.

Je lui adresse un bref signe de tête, sans rien promettre. Ce n'est pas de ma faute si j'ai eu une altercation lors de la vente aux enchères des vierges l'année dernière. Un salaud du nom de Georgy Veselov, *pakhan* de la mafia de Miami, s'est battu avec moi.

J'ai eu le dessus, voilà tout. C'est un abruti assoiffé de pouvoir qui croyait me battre à mains nues. Je n'ai encore jamais rencontré d'homme en vie qui en soit capable.

L'endroit est bondé lorsque je franchis les portes. Je méprise ces gens qui viennent dépenser des fortunes pour acheter des esclaves. La plupart des vierges sont des touristes kidnappées à l'aéroport. Il est plus facile pour les esclavagistes de brouiller les pistes, le gouvernement américain ne peut pas suivre la trace des filles étrangères.

Rykov, l'homme qui dirige la vente aux enchères, rôde dans les parages et se précipite à ma rencontre dès qu'il m'aperçoit. Je ne peux pas l'encadrer, mais il fait partie du lot.

— Je suis ravi que vous ayez pu venir, Monsieur, dit-il en me saluant d'un signe de tête.

— La récolte est prometteuse, cette année ? je demande, en feignant l'intérêt.

— Certaines devraient vous plaire, une splendide rousse notamment, dit-il en me gratifiant d'un sourire carnassier, avant de se rapprocher légèrement et de baisser la voix. Une fougueuse, mes hommes n'ont pas réussi à la mater, elle risque de se montrer plus rétive que ses comparses. Je serais ravi de vous présenter un échantillon avant le début de la vente.

Il se redresse et se racle la gorge en remarquant que Luka Romanov nous dévisage.

— Très bien, montrez-moi le chemin.

J'indique d'un signe de tête les escaliers menant au sous-sol, en ignorant le regard lourd de sens du *pakhan* de Los Angeles .Il se précipite devant moi dans la cave. Alexi m'adresse la parole une fois qu'il est hors de portée de voix.

— Rykov est une vraie fouine.

— Tu m'étonnes, dis-je, mécontent, je n'ai jamais pu l'encaisser.

— On se voit après l'avant-première, dit-il en me tapant sur l'épaule.

Je descends dans le sous-sol humide qui aura abrité ces filles pendant des mois, obligées de subir les basses du club tous les soirs depuis Dieu sait combien de temps.

Une vraie honte. Ces femmes ont autant de droits que nous, mais je sais que les esclavagistes de la mafia ne font pas de distinction, même karma pour les hommes qu'ils capturent. L'esclavage est monnaie courante au sein de la Bratva, et j'ai toujours voulu y remédier au sein de ma mafia. Je me poste devant l'entrée et j'observe la quinzaine de femmes nues enchaînées les unes aux autres.

Rykov parle à la femme tremblante terrorisée. L'éclat d'une chevelure roux flamboyant attire mon attention.

Un désir impérieux d'interrompre son discours inutile et de la rejoindre me taraude. Je veux savoir qui est cette rousse impétueuses que les hommes de Rykov n'ont pas réussi à mater, mais je décide de prendre mon mal en patience.

Une fille se pisse dessus de peur, il la fouette mais je ne bronche pas. Voir l'un de mes confrères traiter les femmes de la sorte m'horripile.

Ce genre de brutalité est d'une bassesse innommable, aucune de ces femmes ne mérite ce traitement, mais c'est la façon de faire de la Bratva. C'est souvent l'excuse en vigueur dans ce genre de situation.

Rykov s'arrête devant la rousse et lui parle, ce qui m'irrite.

— Garde la tête baissée. L'un de nos invités les plus prestigieux est ici pour une avant-première, m'annonce-t-il, me tirant de mes pensées.

J'entre dans la pièce pour me diriger directement vers la rousse, sans y avoir été invité.

— Merci, Rykov, dis-je.

— Monsieur, répond-il.

Je suis attiré par elle comme un papillon de nuit par la lumière. Mes yeux se posent sur son corps sensuel nu, en forme de sablier absolument parfaite, avec des seins que j'aimerais sucer et tripoter toute la nuit. Elle est *superbe*.

C'est le seul terme qui me vient pour qualifier sa silhouette. Je me plante devant elle, je meurs d'envie de découvrir son visage.

— Regarde-moi, lui dis-je.

La femme tremble devant moi avant de lever le menton pour me regarder. Elle ne me regarde pas dans les yeux, parce que c'est ce qu'on leur a appris. C'est la femme la plus solaire que j'aie jamais vue. Ses yeux d'un vert émeraude éclatant s'harmonisent avec ses cheveux roux. Il n'y a pas d'émotion dans ses yeux, aucune trace de haine ou de colère.

— J'exige que tu me regardes dans les yeux, lui dis-je.

Elle hésite un instant avant de forcer ses yeux à rencontrer les miennes.

— *Krasivaya*[3], dis-je.

Ses yeux s'écarquillent comme si elle comprenait sa signification, c'est inhabituel, les vierges viennent rarement de Russie.

Je dois me souvenir de l'endroit où je me trouve. Je perds la tête. *Krasivaya* est l'adjectif idéal pour la décrire, elle est la femme la plus captivante que j'aie jamais vue.

La seule réaction que j'obtiens est ses joues qui s'empourprent, la rougeur se répand jusque dans son cou. Elle comprend le russe.

Tout le sang de mon corps se précipite vers ma verge et je perds momentanément mon sang-froid, chose qui ne m'arrive jamais.

Rykov se racle la gorge, me sort de mon hébétude. Je la fixe depuis trop longtemps, alors que je suis censé rester impassible.

— Baisse les yeux au sol, lui dis-je d'une voix glaciale malgré ce désir brûlant qui m'embrase.

Elle s'exécute en un clin d'œil, et je m'éloigne malgré moi. Le côté indompté qui sommeille en moi rêve de la posséder sur-le-champ, d'offrir à Rykov le montant qu'il voudra pour elle.

Il est mal vu qu'un *pakhan* se comporte de la sorte. Rykov m'a donné un avant-goût, ce qui est déjà assez grave en soi. Aucun achat n'est autorisé avant la vente aux enchères. Tous les *pakhans* ont une chance équitable d'obtenir l'une des vierges proposées ce soir.

Je regarde les autres femmes avec un léger intérêt, même si je n'arrive pas à me détacher de la rousse. Aucune autre ne m'intéresse autant qu'elle. Mon inspection terminée, je me dirige vers les escaliers pour regagner la pièce principale.

— Je vous retrouve là-bas, monsieur ? demande Rykov en me suivant.

Je me tourne vers lui et lui coule un regard noir.

— Oui.

Je sens qu'il me suit du regard tandis que je monte les escaliers et que je pénètre dans la salle d'observation. Il ne fait aucun doute que je repartirai avec une vierge ce soir, et ce sera la beauté rousse. Peu importe son prix. Elle est pour moi.

1. Ndt : parrain (mafia)
2. Ndt : bras droit
3. Ndt : belle

2
VERA

Un rayon de soleil brille au bout du tunnel sombre et tortueux dans lequel je suis enfermée. Cela fait trois ans que j'ai quitté Saint-Pétersbourg et que je suis arrivé en Amérique dans le seul but d'être capturée et vendue lors de cette vente aux enchères. J'ai l'impression que c'était il y a une éternité.

Ce soir, c'est le grand soir. Deux ans de formation et un an d'esclavage m'ont conduit à la prestigieuse vente aux enchères des vierges de New York. Seuls les membres les plus haut placés de la mafia, venus de tout le pays, sont autorisés à y participer.

Un garde à proximité se racle la gorge, mais je ne quitte pas les yeux du sol. Ils nous ont appris à ne pas quitter le sol des yeux, sauf si quelqu'un nous adresse la parole.

— Regarde-moi, suka[1], crache-t-il en m'insultant en russe.

Je lève les yeux vers son visage sans établir de contact

visuel. Si je le regardais droit dans les yeux, je serais punie. Quand je suis arrivée au camp des vierges, il a fallu de nombreux coups pour m'inculquer cette discipline.

— Es-tu prête à être vendue ce soir ? Il ricane en me regardant de haut.

— Oui, monsieur, dis-je en baissant la tête.

Il ne comprend pas à quel point je suis prête pour ce soir. La vengeance est à ma portée, et si les soupçons de mon oncle sont fondés, il m'achètera.

L'homme qui doit m'acheter a un faible pour les rousses, et je suis la seule rousse à cette vente aux enchères, grâce à mon oncle, ce qui me confère un avantage. S'il ne m'achète pas, tout ce pour quoi j'ai travaillé tombera à l'eau et je devrai trouver un autre moyen.

— Je n'en doute pas, salope. Tu meurs probablement d'envie qu'un maître te dépucelle.

J'ignore ses paroles, de simples mots vides et inutiles. Tous les gardiens prennent plaisir à nous dégrader par des insultes ou de la douleur. J'ai appris à m'en réjouir. Dans le cadre de ma formation, avant mon arrivée ici, l'oncle Igor m'a appris à endurer une quantité incroyable de douleur.

Il ricane et m'attrape la gorge.

— J'aimerais bien te baiser, dit-il en me soufflant son haleine fétide au visage. Les relents de fumée de cigarette et d'alcool me donnent la nausée.

Ce gardien déteste que je ne montre jamais de peur, peu importe ce qu'il me fait subir. Sa main qui se resserre sur ma gorge m'empêche de respirer. Je garde mon sang-froid. Je ne crains pas la mort, de toute façon.

Il ne me tuera pas. Tous les gardes qui régentent cet

endroit sont remontés parce que je ne craque jamais, quoi qu'ils fassent. Je ne pleure jamais en leur présence et je ne les supplie jamais d'arrêter.

Je serre les dents quand il me donne un coup de poing dans le ventre. Ma respiration est coupée mais je ne montre aucun autre signe de douleur. Je ne me laisserai pas abattre. La fin est proche.

— Il est temps de les préparer, crie un autre garde.

Il attrape mon poignet et me force à me relever. Il détache les chaînes de mes poignets du mur et m'attache à l'une des autres vierges à proximité. Les hommes s'activent pour nous mettre toutes en rang malgré nos chaînes.

Les chaînes émettent un cliquetis tandis qu'ils nous font marcher comme du bétail à l'abattoir. Chaque nuit, j'ai rêvé de ce moment, alors que les autres femmes le redoutent.

La fille derrière moi respire tellement fort qu'on dirait qu'elle va s'évanouir, celle de devant tremble de peur. Je n'ai jamais été aussi sereine en trois ans.

Cela fait douze mois que nous sommes ici ensemble, et pourtant je ne connais aucun de leurs prénoms. Je connais leurs visages mais je ne leur ai jamais parlé, nous n'avons pas le droit de parler entre nous.

Je suis persuadée que la plupart d'entre elles ne se souviennent plus de leur prénom. Les traitements brutaux que nous avons subis nous anéantissent mentalement et physiquement. Ils nous transforment en petits animaux de compagnie bien dociles pour nos futurs propriétaires.

Ils me croient prête à être vendue mais ils ne m'ont pas

détruite. Je crois que ces hommes en ont assez d'essayer. Il en faudrait beaucoup plus pour bousiller mon mental. Les images de ma famille massacrée sont tout ce que j'ai retenu pendant trois ans. Et le nom d'un homme.

Andrei Petrov.

— Arrêtez-vous et tournez-vous sur le côté, aboie le garde.

Il sera là. C'est une garantie puisqu'il possède ce club. La seule chose que je ne peux pas contrôler, c'est s'il va m'acheter.

Le maître des esclaves entre dans la pièce en se raclant la gorge. Je sais que c'est lui avant qu'il n'ait parlé à cause de sa forte odeur de tabac.

— Le moment est venu. Il frappe dans ses mains. Vous allez toutes être vendues aux enchères au plus offrant. N'oubliez pas votre formation et n'enfreignez pas les règles quand vous êtes sur scène. Un claquement de fouet retentit et toutes les filles sursautent. Vous n'avez pas envie que je vous rappelle ce qui se passe quand vous n'obéissez pas.

Une fille sanglote et j'entends un filet d'eau.

— C'est quoi ton problème ? grogne-t-il en se précipitant vers elle. Quel *pakhan* veut d'une femme qui se pisse dessus ?

Le fouet claque, un hurlement déchire l'air quand les lanières flagellent sa chair nue. Nous sommes toutes nues, à l'exception d'un string en dentelle recouvrant notre sexe.

— Ramenez-la et donnez-lui une correction. Elle n'est pas prête.

Je déglutis péniblement, essayant de ne pas être

affectée par le traitement qu'ils lui réservent. Je suis ici pour moi et personne d'autre. La Bratva dans toute sa splendeur.

— Soyons clairs, j'attends de vous que vous vous souveniez de votre entraînement et que vous impressionniez les hommes qui veulent vous acheter. Ses pas se rapprochent et il s'arrête devant moi. C'est clair ?

— Oui, monsieur, marmonnent les esclaves.

Il attrape mon menton entre le pouce et l'index, m'oblige à lever les yeux vers lui.

— Tu n'as toujours pas peur de moi ? demande-t-il.

Je ne réponds pas et garde ma mâchoire serrée. Il secoue la tête.

— Baisse la tête, l'un de nos invités les plus prestigieux est ici en avant-première.

Nous obéissons toutes et gardons les yeux au sol.

— Merci, Rykov, dit une voix grave de baryton dans la pièce.

— Monsieur, répond le marchand d'esclaves.

La tentation de jeter un coup d'œil au nouveau venu est grande, mais je garde la tête baissée. Ses pas pesants résonnent de plus en plus près alors que je garde les yeux rivés au sol. Une nouvelle paire de chaussures se matérialise devant moi, des richelieu noir lustrés qui valent un prix fou.

Un frisson me parcourt l'échine quand l'homme prend la parole.

— Regarde-moi, m'ordonne-t-il.

Je contemple son visage, je me concentre uniquement sur son visage sans regarder ses yeux. Une peur froide me traverse lorsque je le reconnais : l'homme que je dois tuer.

Je fige mon expression comme mon oncle me l'a appris, pas une once d'émotion ne doit franchir mon masque impénétrable. À l'intérieur, la rage bouillonne comme la lave sous la surface rocheuse de la terre.

— Regarde-moi dans les yeux, ordonne-t-il.

Un flot de panique m'envahit, ce n'est pas une demande habituelle. Les yeux sont la porte de l'âme, et je ne peux pas me permettre qu'il apprenne la vérité en contemplant les miens.

C'est la partie du corps la plus difficile à masquer, mais je fais ce qu'il me demande, mon regard reste de glace malgré le brasier de haine pure et de rage qui bouillonne en moi.

Ses yeux sombres sont presque bienveillants lorsqu'il les plonge dans les miens. Je m'attendais à un regard glacial, mais ils sont chaleureux. J'avais vu ses photos d'il y a trois ans, il est encore plus beau qu'en photo.

Ses cheveux sont plus longs sur le dessus et plus courts sur les côtés. La seule différence est sa barbe soignée qu'il n'avait pas sur les photos.

Sur ces photos, cependant, il contemplait avec une joie non dissimulée ma famille décédée. Alors qu'il soutient mon regard, je détecte la passion et le désir dans ses yeux. Cela suffit à me donner la nausée.

Cet homme a assassiné toute ma famille de sang-froid. C'est à cause de lui que j'ai enduré toute cette souffrance. Si je suis ici, c'est pour l'éliminer une bonne fois pour toutes.

— *Krasivaya,* dit-il.

Rykov se racle la gorge.

Mes yeux s'écarquillent une demi-seconde, surprise d'entendre Andrei m'affubler de ce qualificatif. Un quelque chose d'indéfinissable passe entre nous, nous nous entreregardons, le silence s'étire plus longtemps qu'il ne le devrait.

Le silence semble avoir détourné l'attention d'Andrei.

— Baisse les yeux, ordonne-t-il sur un ton redevenu froid et autoritaire.

Je m'exécute. Je rêve d'enrouler mes doigts autour de sa gorge et de l'étouffer. C'est normal qu'ils lui fassent voir les filles à vendre en premier. Cet homme n'est jamais venu à cette vente aux enchères et n'a jamais acheté de vierge. La première année, il en a acheté une conformément aux instructions de son père, il perpétue la tradition depuis sa mort, il y a deux ans. Il couche certainement avec et s'en débarrasse une fois déflorées.

Il ne demande pas aux autres filles de le regarder, je suis persuadée que c'est moi qu'il va choisir. Mon plan se déroule comme prévu jusqu'à présent. Il ne reste plus que quelques minutes avant que nous ne défilions sur scène pour la vente aux enchères.

— Je vous retrouve là-bas, monsieur ? demande Rykov. C'est la première fois que j'entends le prénom de l'homme qui nous a battus pour nous faire ployer.

— Oui, dit-il avant de quitter la pièce.

Ma respiration s'est accélérée, tout comme les battements habituellement réguliers de mon cœur. La rencontre avec Andrei avant la vente aux enchères est un élément que je n'avais pas anticipé. J'étais prête à monter sur scène pour qu'il m'achète mais je ne m'attendais pas à le rencontrer d'aussi près avant la vente.

Pour la première fois depuis qu'ils m'ont emmenée dans les geôles des vierges, il m'a ébranlée. J'ai l'impression que cette seule et unique rencontre m'a fait dévier de ma trajectoire, et je ne suis plus aussi solide qu'il y a encore quelques minutes.

Je ferme les yeux pour essayer de garder mon sang-froid, j'essaie de me rappeler mon entraînement. La voix de mon oncle résonne en boucle dans ma tête.

Respire et imagine ton objectif dans ta tête.

C'est ce que je fais, je m'efforce de maîtriser mes émotions. Jusqu'à présent, ma formation n'a été que théorique.

Je n'ai jamais été confrontée à ce déferlement d'émotions quand j'ai regardé ses yeux, les yeux d'un monstre. Mais il faudra bien plus qu'une visite inattendue d'Andrei Petrov pour me faire dérailler. Nettement plus...

---

1. Ndt : pute

3
ANDREI

Je n'arrive pas à détacher mon attention de la magnifique rousse enchaînée sur l'estrade. C'est la huitième année que je participe à cette vente aux enchères, mais la deuxième sans mon père.

Il a insisté pour que nous achetions une vierge chaque année, mais pour que nous leur laissions le choix. Choix numéro un : être autorisée à rester dans notre résidence de New York et coucher avec moi ; choix numéro deux : travailler dans l'une de nos autres résidences en Amérique du Nord en tant que femme de ménage ou cuisinière, en fonction des compétences de la femme.

Il leur versait même un salaire et les autorisait à résider dans les quartiers des domestiques. Je ne me suis jamais préoccupé de savoir si elles souhaitaient ou non coucher avec moi, je n'ai jamais été difficile dans ce domaine. Pourtant, depuis la mort de mon père il y a deux ans, je perpétue la tradition.

Mon père était un homme bon, peut-être trop. Il n'a

jamais voulu des vierges. Après que ma mère l'a quitté, les relations romantiques ou sexuelles ne l'intéressaient plus.

Cette vierge est la première, la seule et unique femme qui ait retenu mon attention de toutes ces ventes aux enchères en l'espace de huit ans. J'ai bandé comme un taureau quand ses yeux d'un vert stupéfiant ont rencontré les miens dans la salle de détention.

Cette fille fait preuve d'une force incroyable, comparée aux filles des précédentes ventes aux enchères. Ses yeux luisent d'une rage indescriptible à peine perceptible sous le masque derrière lequel elle croit se cacher.

Une qualité excitante, j'ose espérer qu'elle voudra de moi quand je l'aurai achetée. Aucun doute n'est permis : cette fille *sort* vraiment du lot, cette année.

Sa chevelure rousse est aussi ardente que les flammes des enfers, ses yeux deux splendides émeraudes taillées. Dominer son corps me rend fou de désir. J'ai hâte de la voir attachée à mon banc de bondage dans ma salle des plaisirs, à la maison.

Sa peau blanche se teintera d'un rouge inouï, j'alternerai entre fessées et caresses jusqu'à ce qu'elle n'en puisse plus.

Merde.

Je ne la quitte pas des yeux, ma bite palpite et mes couilles remuent. Qu'ils donnent des ordres aux femmes, qu'ils les obligent à garder la tête basse m'horripile. Je veux la regarder à nouveau dans les yeux, ces beaux yeux d'un vert étincelant.

Se souviendra-t-elle de son prénom, au moins ?

L'expression que cette fille s'est efforcée de dissimuler

dans ses yeux porte à croire qu'elle n'a pas été détruite sur le plan psychologique par la torture. Rykov disait par conséquent vrai en reconnaissant qu'ils n'avaient pas réussi à la briser, il sait que j'ai un faible pour les femmes courageuses.

Elle a peut-être réussi à conserver ses souvenirs, contrairement à la précédente femme que j'ai achetée. Je mourrais d'envie d'entendre sa voix mais je ne pouvais pas le lui demander, pas devant les *shestyorka*[1].

Ils ont beau être au plus bas de l'échelle, ce ne sont pas des imbéciles. Faire preuve de faiblesse est beaucoup trop risqué, je ne peux pas enfreindre les règles devant eux.

Ils déambulent en ce moment-même autour d'une asiatique aux cheveux noirs, je tique en découvrant les hématomes sur la face postérieure de ses cuisses lorsqu'elle pivote. Mes yeux se posent vers la beauté qui m'a subjugué.

Un bref examen corporel révèle l'étendue des dégâts. Je n'avais pas remarqué les blessures dans la salle obscure. Sa peau sans défauts porte les stigmates d'ecchymoses sans gravité superficielles. Les bourreaux ne font jamais de coupures, ils veillent à ce que les vierges ne gardent pas de cicatrices à vie.

Je n'arrive pas à comprendre pourquoi ses blessures me dérangent autant. La tension de ma mâchoire me fait souffrir alors que je m'efforce de regarder ailleurs. Personne ne lui ferait de mal sous mon toit.

Mon attention se porte à nouveau sur la fille sur la scène, la guerre des enchères fait rage. Deux hommes de la mafia s'affrontent pour remporter l'objet de leur convoitise. Les enchères ont atteint cinq millions de dollars, et continuent d'augmenter.

Essayer de détourner les yeux de la femme que je désire est inutile, je reporte toute mon attention sur *ma* rousse, je me demande quel montant les enchères vont atteindre.

C'est de loin la plus belle femme sur cette estrade. Un sentiment de possessivité m'envahit alors que je garde mon attention rivée sur elle. Je déteste que les autres hommes dans la salle puissent la voir nue. C'est une vierge que je ne verrais pas d'inconvénient à déflorer et à faire mienne.

Quelque chose me dit que si je couchais avec, je ne pourrais pas la laisser partir. Les jours heureux où j'achèterai des vierges seraient *révolus*, même si je ne les ai jamais achetées pour les déflorer, de toute façon. L'acte d'achat n'est qu'une mise en scène que mon père jugeait essentielle en tant que *pakhan*.

Rykov s'avance et intime le silence à l'assemblée.

— Le dernier lot est le numéro quinze.

Mon cœur s'emballe lorsque la rousse s'avance, je me redresse et l'observe. Je continue d'aborder une expression impassible mais intérieurement, je bouillonne.

Des murmures appréciateurs s'élèvent alors qu'une poignée d'hommes tendent leurs palettes, une possessivité brûlante me prend aux tripes.

Personne ne peut surenchérir sur moi, c'est impossible. La mafia newyorkaise est la plus puissante et la plus riche, autant dire que j'ai plus d'argent que n'importe lequel d'entre eux. Je suis prêt à payer n'importe quel montant pour rafler la mise.

Non seulement parce que cela assoirait ma domination en tant que *pakhan* de la mafia de New York, mais aussi parce que je veux remporter ce trophée. Pour une raison inexplicable, je la veux vraiment.

J'ai la palette en main lorsque les enchères débutent, je ne la lâche pas, j'attends que les enchères montent. Inutile de rester le bras tendu, je m'attends à ce que l'offre atteigne plusieurs millions de dollars.

Les enchérisseurs moins bien nantis jettent l'éponge une fois les sept millions de dollars atteints. Le montant est désormais trop élevé pour le commun des mortels, à l'exception d'un *pakhan*.

Lorsqu'il ne reste plus que deux concurrents en lice, je lève ma palette. L'un d'entre eux se retire et baisse la tête en signe de défaite. Je croise le regard de l'autre, Luka Romanov me lance un regard noir. C'est le *pakhan* d'une autre mafia de Los Angeles. Le combat sera âpre mais je suis certain de gagner.

Il continue et fait monter les enchères à onze millions de dollars. Je regarde à nouveau la rousse, elle ne bouge pas d'un iota et ne semble pas bouleversée par le fait d'être vendue pour une somme flirtant l'indécence. Je n'ai pas trop dépensé pour mes vierges les années précédentes, mais cette fois-ci, je casse ma tirelire.

Luka devient rouge comme une tomate. Je viens d'enchérir quatorze millions de dollars sans sourciller. J'ai trop d'argent pour savoir quoi en faire, de toute façon.

Que sont quelques millions de plus ou de moins ? Il fait une rallonge de deux cent mille dollars.

— Quinze millions de dollars, dis-je, je refuse de chipoter pour des sommes aussi insignifiantes. Je vais gagner. Je gagne toujours.

Je partirai avec cette femme quoi qu'il arrive. Si les enchères atteignent cent millions de dollars, je paierai. Je ne sais pas trop pourquoi, peut-être parce qu'elle me fait penser à moi, affaiblie mais forte malgré tout.

Luca pose sa palette et me dévisage avec une haine farouche. Il ne m'inquiète pas. La mafia de Los Angeles n'est rien comparée à celle de New York.

— Le lot numéro quinze est adjugé à Andrei Petrov.

Je contemple mon acquisition et remarque la tension de ses épaules se relâcher. Cela n'a guère de sens, elle ignore tout de mon identité ni qui l'a achetée.

Elle est peut-être soulagée que son emprisonnement touche à son terme. Elle n'imagine même pas sa chance d'avoir été achetée en lieu et place de Luka, l'un des pires *pakhans* de la profession. Cet homme est notoirement connu pour cautionner la torture, d'après la rumeur, c'est lui qui aurait assassiné sa défunte femme il y a plusieurs années.

Une jeune femme est assise à ses côtés, les yeux baissés, sa fille, pour autant que je sache. Cela prouve quel genre d'individu il est, oser amener sa fille à un événement pareil. Hyper malsain.

La rousse est le dernier lot de la soirée, les gens se lèvent l'un après l'autre pour partir. Une tension s'installe dans mes muscles lorsque Luka et son *sovietnik*, Miron, s'approchent de moi.

— Andrei, joli coup, pour la rousse.

— Sans rancune, j'espère ? dis-je en hochant la tête. Je n'en avais pas encore choisie, j'achète toujours une vierge lors de cette vente aux enchères.

Il me donne une tape dans le dos.

— Bien sûr que non. C'est un combat à la loyale, je me suis retiré quand vous avez commencé à allonger des liasses de billets à n'en plus finir, dit-il, visiblement ulcéré. Si vous voulez bien m'excuser.

Je regarde Luka s'éloigner pour rejoindre sa fille, âgée de dix-huit ans tout au plus. Miron s'attarde.

— Comment ça va, Andrei ?

Je lui adresse un signe de tête respectueux, en souvenir du temps où nous travaillions ensemble en Russie, à la fin de mon adolescence. Il est l'un des hommes les plus respectables des autres mafias.

— Bien, merci et vous ?

— Je vais aussi bien qu'on peut l'espérer quand on assiste à ce genre d'événement répugnant, dit-il à voix basse en haussant les épaules. Je suis persuadé que vous êtes d'accord avec moi, même si vous refusez de l'admettre.

Je regarde l'homme mais je garde le silence. Je n'aurais pas dit mieux, mais je ne peux pas exprimer mon opinion, pas ici, peu importe de qui vient la question.

— Je suis ravi de vous avoir vu, Miron. Portez-vous bien.

Je me détourne et me dirige vers la scène, ma récompense attend que je vienne la chercher.

La plus belle vierge de toutes mes acquisitions. J'avoue espérer secrètement, alors que je vais la chercher, qu'elle sera la deuxième fille à choisir de se faire dépuceler par mes soins, mais c'est peu probable. Six des sept femmes que j'ai achetées jusqu'à présent ont choisi de travailler dans l'une de mes propriétés. D'après les statistiques, la probabilité qu'elle accepte de rester à mes côtés est mince

— Andrei, êtes-vous prêt à conclure la transaction ? demande Rykov, surgi de nulle part.

Cet homme est un serpent. Il fait peut-être partie de ma mafia, mais il est parmi ceux au plus bas de l'échelle de nos brigades. Le jour de la vente aux enchères est le seul moment où j'ai affaire à lui.

— Je suis prêt, dis-je en me dirigeant vers les escaliers du donjon dans lequel il m'a conduit plus tôt.

Il ne rétorque rien et marche derrière moi, à la place qui lui revient. C'est un fils de pute arrogant qui a l'intelligence de se taire en ma présence. Je suis certain qu'il sait à quel point il me déplait.

Mon cœur bat la chamade au rythme de mes pas alors que je rejoins ma vierge. Je n'arrive pas à m'expliquer pourquoi elle me chamboule à ce point.

— Vous avez choisi une fille coriace, monsieur. Aucun de mes hommes n'a réussi à la mater. C'est une première, dit Rykov en parlant derrière moi.

Je lui jette un coup d'œil.

— Je suis sûr de parvenir à y remédier, dis-je entre mes dents.

Il me sourit et ses yeux s'éclairent d'une joie malsaine qui me retourne l'estomac.

Je me sens mal de prononcer ces mots la concernant, mais c'est ce qu'on attend de moi. Je ne la briserai pas, mais j'espère bien que mon désir pour elle est réciproque. Dans le cas contraire, je crains de ne pas pouvoir la laisser repartir. Seul le temps nous le dira.

* * *

LA DÉESSE que j'ai remportée aux enchères demeure immobile à mes côtés dans la voiture. Elle n'a pas encore levé les yeux de ses genoux, et contemple ses mains jointes. C'est ce que lui ont appris les hommes qui l'ont préparée pour la vente aux enchères.

Je compte bien la débarrasser de ces habitudes ridicules. Je saisis sa main et la serre, elle se crispe illico.

— Tu n'as pas à avoir peur de moi.

Elle tente de retirer sa main, ça m'étonne, ces vierges sont plutôt dociles, en général. Il y a quelque chose chez cette rousse incendiaire que je n'arrive pas à cerner. Elle est différente, spéciale.

Rykov m'a déjà fait comprendre que ses hommes ne l'avaient pas brisée. J'ai encore plus envie d'elle. Une femme si forte et si belle mérite d'être bien traitée, comme une princesse.

— Je ne te traiterai pas comme ces hommes t'ont traitée. Je laisse mon doigt effleurer doucement sa joue, je repousse un cheveu devant ses yeux et le place derrière son oreille.

— Pourquoi pas ? demande-t-elle.

Sa question me prend de court. Très audacieux, pour une fille à la merci d'un homme qui l'a achetée comme une vulgaire marchandise.

— Je ne suis pas le monstre dont tout le monde parle, dis-je en contemplant ses yeux d'un vert intense.

Elle ne semble pas très convaincue par ma déclaration. Son regard a la dureté des émeraudes. Je n'y décèle aucune émotion, pas même un soupçon de peur. Elle incarne un mystère, une énigme enveloppée dans un emballage des plus aguichants. Je décèle quelque chose d'inhabituel chez elle, j'ai envie de creuser pour découvrir de quoi il retourne. Qu'est-ce qui fait vibrer cette femme ?

— Tu apprendras bientôt quel genre d'homme je suis.

Ses yeux s'animent d'un éclat si fugace que j'ai du mal à le capter.

Yakov s'arrête devant ma demeure et fait coulisser le pare-vue.

— Nous sommes arrivés, monsieur.

Je me racle la gorge et jette un coup d'œil à ma propriété.

— Merci, Yakov. Je sors de la voiture et je me dirige vers elle. Elle me regarde d'un air absent tandis que j'ouvre sa portière.

— Descends.

Elle descend de voiture et foule le trottoir, j'attrape sa main par précaution, la dernière chose dont j'ai besoin, c'est d'une vierge en fuite. Elle se crispe à mon contact, comme si ma peau l'électrocutait. Cette femme est impossible à cerner. Elle ne montre aucune peur mais tressaille au moindre contact.

Je la fais entrer dans la maison et ferme la porte d'entrée derrière nous. Une fois à l'intérieur, elle retire sa main et s'enveloppe de ses bras, un geste défensif, sans doute la conséquence de l'horreur que ces connards lui ont fait subir dans ce club pourri.

Je déteste l'imaginer dans cette cave pendant des mois avec eux, ça me rend dingue.

— Je vais te montrer ta chambre, dis-je en faisant un signe de tête vers l'escalier.

Elle me suit prudemment tandis que je monte les marches et tourne à gauche vers sa chambre attenante à la mienne, mais je ne le lui annoncerai pas tout de suite. Je dois d'abord savoir si elle souhaite rester. Je m'arrête devant la chambre et lui jette un coup d'œil.

— Ce sera ta chambre. J'ouvre la porte de la grande chambre somptueuse rehaussée d'une touche féminine, c'est Olga, ma gouvernante, qui l'a décorée. La pièce est un peu plus petite que la mienne, mais pas de beaucoup.

Elle ne réagit pas en observant la chambre, j'ignore si elle lui plait ou pas. Un mur de glace se dresse autour d'elle, la rendant de plus en plus énigmatique.

— Ça te plait ? je lui demande, désireux d'obtenir une réponse de sa part.

Elle hoche la tête et se dirige vers l'extrémité de la pièce. Je la regarde passer son doigt sur le drap de soie du lit à baldaquin.

Mon côté dominateur rêve de la jeter sur le lit et de la prendre sans sa permission. Mon côté pervers et malade tapi au plus profond de mon être se manifeste dès que je pose les yeux sur elle. Elle me rend fou.

— Je te laisse te reposer un peu. Elle me tourne le dos pendant que je parle. Je reviendrai te chercher pour un dîner tardif.

Elle ne se retourne pas, et je ne lui demande pas de le faire. Au lieu de cela, je me force à sortir de cette chambre avant de faire une chose que je risque de regretter.

Je n'ai jamais eu de mal à me contrôler avec les vierges achetées auparavant. Six d'entre elles n'ont jamais couché avec moi, mais imaginer ne jamais coucher avec la beauté rousse de l'autre côté de la porte me rend ivre de rage et décuple ma possessivité.

Cette femme représente mon plus grand défi, à plus d'un titre.

---

1. Ndt : subalternes.

4
VERA

Mon doigt effleure le bord tranchant du rasoir à lame droite que j'ai trouvé dans l'armoire de la salle de bains. La lame est destinée à couper la barbe, mais elle trancherait facilement la gorge d'un homme. Elle est très tranchante. L'idée de couper la gorge d'Andrei avec ce rasoir fait bondir mon cœur d'excitation.

Toutefois, alors que l'heure de ma vengeance a enfin sonné, je constate qu'une mort rapide et facile ne me procurerait pas le plaisir escompté. J'ai passé trois ans à m'entraîner et à me préparer pour cet instant. Que tout se termine un jour après mon arrivée serait vraiment trop injuste.

Je sais que la mafia me tuera, ma mission accomplie, mais sacrifier ma vie en vaut la peine. Ma vie ne compte pas. J'ai arrêté de vivre quand cet homme a assassiné toute ma famille.

Andrei m'a laissé seule dans cette chambre, m'a laissé

la chance de trouver ce rasoir. Il n'a pas encore appris qui je suis et ce que j'ai l'intention de faire. Le bruit des pas qui s'approchent de la chambre me pousse à fourrer le coupe-chou sous l'oreiller.

Je m'agenouille en fixant le sol, la position attendue des esclaves quand quelqu'un entre dans la pièce.

La porte s'ouvre et l'homme que je déteste entre.

— Je voulais vérifier si tout allait bien. Je vois ses chaussures devant moi. Ne te comporte pas de la sorte avec moi, dit-il comme la porte se referme derrière lui.

Mes sourcils se froncent et je garde les yeux rivés au sol.

— Comment voulez-vous que je me comporte, monsieur ?

Il se racle la gorge.

— Je veux que tu te comportes en ma présence comme une égale. Je veux que tu me regardes dans les yeux et que tu me parles comme si j'étais une personne normale. Il se rapproche et baisse la voix. Comme si tu n'étais pas une esclave.

Une demande difficile. Le détachement et la froideur des échanges entre esclave et maître me faciliteraient la tâche. S'il s'attend à ce que je me comporte comme si de rien n'était en sa présence, il me sera plus difficile de masquer mon dédain.

— Regarde-moi, ordonne-t-il.

Je relève le menton et croise son regard sombre et brûlant. Le désir qui brûle dans ses yeux me noue l'estomac. Malgré tout ce que j'ai sacrifié jusqu'à présent, j'ai réussi à conserver ma virginité. Me donner à un homme que je déteste me donne la nausée, surtout un homme qui m'a tout ravi jusqu'à présent.

— Tout va bien ? demande-t-il.

Tout ira bien quand tu seras mort.

Je hoche la tête, dans l'incapacité de parler. Il tend la main pour me toucher, effleure une ligne sur ma joue avec une tendresse telle que j'en frissonne.

— Je veux t'offrir le choix, mais nous en discuterons au cours du dîner. Il fait un signe de tête en direction d'une porte dans le mur. Tu trouveras des vêtements là-dedans. Ses yeux reviennent sur les miens, et il soutient mon regard. Habille-toi et rejoins-moi en bas de l'escalier.

Il n'attend pas de réponse, pivote et me laisse le suivre du regard.

Jusqu'à présent, tout s'était déroulé comme je l'espérais. Andrei Petrov ne me frappe pas et ne fait pas preuve de brutalité. Ses actions sont troublantes. Ça peut paraitre complètement dingue mais veux qu'il me batte et qu'il se comporte comme je m'y attendais. Je veux qu'il se comporte comme prévu. Pour la première fois depuis que j'ai découvert ma famille assassinée, je suis déstabilisée. Il n'a même pas de gardes pour me surveiller.

Pourquoi dînerait-il avec une esclave sexuelle pour laquelle il a dépensé des millions de dollars ? Peut-être essaie-t-il de me mettre à l'aise avant de me dépuceler sauvagement comme le monstre qu'il est.

J'essaie de refouler mon angoisse et de me concentrer sur mon objectif. Rien ne presse. Je suis ici avec lui maintenant, et les trois années qui ont mené à cela me laissent quelques jours pour décider de la façon dont je veux me venger. Ma vengeance doit être à la hauteur de ce que j'ai subi, l'envie impérieuse de le faire souffrir me tenaille.

Je me dirige vers le placard et j'ouvre la porte, pour révéler un dressing rempli de vêtements de luxe pour femme. La plupart des femmes deviendraient folles en découvrant ces vêtements et ces chaussures, mais ça ne m'intéresse pas. Il garde probablement ces vêtements ici pour chaque vierge qu'il achète. Mes doigts effleurent l'étoffe en soie luxueuse d'une robe longue noire qui attire mon attention. Je la retire du cintre et l'enfile, elle me va comme un gant.

J'admire mon reflet dans le miroir du sol au plafond, je ne me reconnais absolument pas. Mon visage est plus pâle que la dernière fois que je me suis regardé dans un miroir. Je suis plus mince qu'avant que la mafia new-yorkaise ne me capture. En me regardant dans les yeux, je me reconnais encore. Ma détermination et ma passion me poussent à avancer, je ne vis que pour ma vengeance, c'est tout ce que je désire depuis ce jour maudit.

Je sors du dressing et referme la porte derrière moi. Le rasoir est planqué sous mon oreiller, j'attrape la poignée, replie la lame et la glisse dans le bonnet de mon soutien-gorge. Être désarmée est trop risqué. Je jette un dernier coup d'œil dans le miroir, quitte la chambre et m'approche du grand escalier.

Dans un autre monde, je serais une princesse faisant son entrée dans un vestibule au raffinement inouï, à la limite de la salle de bal. Andrei m'attend, tel mon prince charmant, dans son costume sur mesure.

Mais la vraie vie est tout sauf un conte de fées, et ces

comparaisons ne pourraient être plus éloignées de la vérité. Andrei me fait dos mais il se retourne en entendant mes talons claquer sur le sol en travertin.

Il tient un verre de whisky à la main et ses yeux s'écarquillent en découvrant ma silhouette. Je le regarde poser le verre sur une desserte et glisser ses mains dans les poches de son pantalon. Son mouvement attire mon attention sur le renflement de son entrejambe, j'en ai la nausée.

Constater son désir impérieux me donne des frissons dans le ventre. M'imaginer tringlée par cet homme est on ne peut plus déplacé.

— *Krasivaya*, dit-il une fois à proximité, l'emploi de ce terme ne cesse de me surprendre.

Un terme flatteur qu'aucun mafieux ne devrait jamais utiliser envers quelqu'un comme moi. Il signifie belle, un mot à connotation respectueuse qui n'a guère de sens venant de lui. Il saisit ma main et me fait un baise-main en maintenant le contact visuel.

Malgré ma répulsion, je reste de marbre.

— Suis-moi, dit-il en lâchant ma main.

Il me conduit dans un couloir somptueux rehaussé de tableaux de grande valeur. L'endroit est magnifiquement décoré mais je ne n'arrive pas à admirer ces toiles de maître. J'ai les nerfs en pelote, je suis incapable de me concentrer sur autre chose que le métal froid contre ma poitrine. Des images du rasoir fiché dans son crâne ou sa gorge tranchée défilent dans mon esprit.

Il s'arrête devant une porte et l'ouvre.

— Après toi, dit-il.

Je déglutis difficilement, j'obéis et j'entre dans la pièce petite et intime, je ne m'attendais pas à ça venant de lui. Une table ronde drapée d'une nappe rouge occupe le centre de la pièce éclairée par des bougies, l'ambiance romantique est en décalage total vu les circonstances.

Un dîner romantique pour deux. La situation est d'autant plus malsaine, compte tenu de ce qui se passe réellement entre nous ; il m'a achetée aux enchères pour se taper une vierge, il n'y a rien de romantique là-dedans. J'attends son ordre, debout près de la porte, les mains derrière le dos. Le froid du rasoir en métal dans le bonnet de mon soutien-gorge me rappelle que je pourrais toujours m'en servir.

— Assieds-toi.

Andrei indique d'un geste le siège le plus proche de la porte. J'aurais au moins l'avantage de pouvoir m'échapper. Je m'assois et croise les mains sur mes genoux, en gardant les yeux baissés.

Il s'assoit face à moi.

— Tu as un prénom ? demande-t-il.

L'effroi glace mon sang dans mes veines. Les vierges sont censées avoir oublié leur prénom, reconnaître que je ne l'ai pas oublié peut s'avérer dangereux.

— Je sais que vous êtes censées l'oublier, mais j'ai l'impression que tu es plus forte que la plupart de tes comparses, dit-il.

Je hoche la tête.

— Quel est ton prénom ?

— Vera, dis-je, si doucement que je ne suis pas sûre qu'il m'entende.

Il sourit et son sourire atteint ses yeux.

— Vera, ils n'ont donc pas réussi à t'anéantir.

Ça sonne plus comme une affirmation, mais je secoue la tête. Je regarde l'assiette recouverte d'une cloche métallique devant moi, mon estomac gargouille.

— Je n'irai pas par quatre chemins, Vera, dit-il en posant ses paumes à plat sur la table. Je t'ai achetée à la vente aux enchères des vierges mais je n'ai pas envie de coucher avec une femme qui se refuse à moi. Ses yeux se rétrécissent et il me fixe pendant quelques instants. Si tu ne souhaites pas envisager d'être mon esclave, je t'offrirai un emploi dans l'une de mes autres propriétés.

Merde.

Mon plan ne se déroule absolument pas comme prévu. Andrei est censé me traiter comme de la merde, comme tout le monde jusqu'à présent. Si je refuse d'être son esclave et de lui offrir ma virginité, il m'enverra ailleurs. J'ai besoin d'être près de lui pour accomplir ma vengeance.

La froideur du rasoir contre ma poitrine m'appelle. Peut-être vais-je devoir tenter l'expérience plus tôt que je ne le pensais. Les paroles d'Igor résonnent encore dans mon esprit.

C'est un monstre. Une bête impossible à apprivoiser. L'homme qui a tué ta famille.

Assise face à lui, j'ai du mal à faire la part des choses, il parait trop raffiné pour tuer de sang-froid. Pourtant, j'ai vu les images. Les photos où il se tient devant les cadavres de mes parents et de mes frères et sœurs, un couteau à la main.

Comme je ne dis pas un mot, il se passe une main dans les cheveux.

— Je sais que tu as traversé beaucoup d'épreuves, Vera. Il secoue la tête. Tu n'as pas besoin de prendre ta décision tout de suite. Je tiens à préciser que je te désire plus que toutes les femmes que j'ai achetées. Il soupire. Tu es la huitième, les six femmes qui t'ont précédée ont opté pour être employée dans l'une de mes propriétés. Il soulève la cloche de son assiette, révélant un steak. Mange, ordonne-t-il.

Je reste sans voix, je me demande pourquoi il me dit ça. Cet homme est le *pakhan* de la mafia de New York. Il ne peut pas faire preuve de pitié, pas envers une vierge achetée pour une somme exorbitante. Cela n'a ni queue ni tête.

— Ne sois pas timide. Mange, Printsessa.

Princesse en russe. Je me demande pourquoi il emploie ce terme, je suis une esclave, nom de Dieu, à mille lieues d'être une princesse ; son acquisition a fait de moi sa chose.

J'attrape la poignée et je soulève la cloche, je jette un coup d'œil au steak épais et à la purée de pommes de terre : mon ventre gargouille, nous étions au régime salade/pain pendant douze mois.

Les effluves se répandent et je salive, la vue de ce steak me provoque des étourdissements.

Je regarde l'homme assis en face avant de lever mon couteau et ma fourchette. Le besoin de contrôler la situation me met mal à l'aise. C'est la première fois que j'ignore la suite des opérations. En règle générale, je prévois tout dans les moindres détails.

Mon plan évolue parce que l'homme qu'on m'a chargé de tuer ne se comporte pas comme annoncé. Andrei Petrov se révèle imprévisible, et je ne fais pas dans l'imprévisible.

5
ANDREI

Je la regarde manger, découper le steak en menus morceaux et mâcher chaque bout pendant des heures. J'ai terminé mon steak il y a quelques minutes, elle n'en est pas à la moitié. Le silence entre nous est presque assourdissant.

J'ai envie de lui parler, de lui dire que je rêve de la dominer, mais ce n'est pas une bonne idée. C'est étrange, je n'arrive pas à déchiffrer ses pensées. Par le passé, les vierges étaient souvent reconnaissantes quand je leur parlais, elles se calmaient, se détendaient, devenaient parfois même bavardes, mais elle est tout le contraire.

Elle semble absente et indifférente à la vérité que je viens pourtant de lui révéler, elle doit croire qu'il s'agit d'un mauvaise blague. Je sais qu'elles endurent les pires sévices pendant leur formation afin d'être prêtes pour leurs maîtres.

— Comment est ton steak ? je lui demande, en la regardant prendre une autre minuscule bouchée.

Elle ose à peine me regarder.

— Bon, merci.

J'aimerais l'entendre parler davantage mais elle n'est pas loquace. Quelle voix divine. Une partie de moi souhaite affirmer sa domination et insister pour qu'elle couche avec moi, cette femme est ma propriété, désormais mais ce n'est tout simplement pas ma façon de faire ; rien n'y changera, pas même mon désir bestial et singulier.

— As-tu une idée de l'option que tu pourrais choisir ? je demande.

Intérieurement, sa réponse me fait paniquer. Si elle m'annonce qu'elle préfère aller travailler ailleurs, je vais péter un plomb. La faire travailler ici serait bien plus tentant et séduisant. L'idée qu'un autre homme la déflore me met hors de moi.

Elle me regarde à deux reprises avant de hausser les épaules.

— Je ne vois pas pourquoi j'aurais le choix.

Je ne peux m'empêcher de sourire.

— Parce que je n'aime pas coucher avec les femmes qui n'en ont pas envie, dis-je avec un haussement d'épaules, ça, et je suis contre l'esclavage.

— C'est pour le moins étrange, dit-elle en picorant un bout de steak dans son assiette.

Le morceau de viande n'était pas bien gros mais elle ne le finira jamais, à ce rythme, ça prendrait une éternité. Cela arrive souvent avec les filles que je récupère à la vente aux enchères, elles ont ingéré des quantités infimes de nourriture pendant leur détention.

— Comment ça ? je demande, en penchant la tête de biais.

— Vous venez d'acheter une esclave et de financer le commerce.

Son observation m'arrache un sourire mais je choisis de ne pas motiver ma décision. Elle n'a pas besoin de découvrir que ma présence à ces enchères et mon achat ne sont qu'un moyen de conforter ma notoriété de pakhan brutal, si l'on en croit la rumeur.

— D'où viens-tu ? je lui demande, en changeant de sujet.

— Je ne sais pas.

Elle détourne le regard et je sais qu'elle ment. *Pourquoi me mentirait-elle ?*

Elle m'a dit son prénom, elle s'en souvenait. Il y a une très légère pointe d'accent russe dans sa voix, mais elle essaie de le masquer. Son accent américain est courant et presque crédible.

Elle sait d'où elle vient mais elle ne veut pas me le dire. Je ris.

— Très bien, garde tes secrets.

Elle se crispe sur sa chaise, subitement glaciale.

Qu'est-ce qu'elle a ?

Cette femme a quelque chose d'inhabituel et d'intriguant, quelque chose que je n'arrive pas à identifier. Je remue sur mon siège sous son regard attentif et intense. C'est un peu déconcertant, compte tenu des hommes qui l'ont formée pour ne pas établir de contact visuel.

— Quel âge as-tu ? je lui demande.

Elle se redresse avant de répondre

— J'ai vingt-quatre ans.

Je ne lui laisse pas voir ma surprise en découvrant son âge. Elle semble plus âgée, d'une certaine manière, non pas qu'elle fasse beaucoup plus que son âge, mais une force s'en dégage que je n'aurais pas attendue d'une fille de son âge.

Qu'a-t-elle vécu pour s'endurcir à ce point ?

— Viens ici, dis-je en lui tendant la main.

Elle déglutit avant de se lever et de venir vers moi.

— Prends ma main.

Elle me jette un regard hésitant avant d'entrelacer ses doigts aux miens. Un désir brûlant déferle lorsque nous nous touchons, ma peau s'embrase. Je sais qu'elle le sent aussi, car ses yeux s'écarquillent. Je l'attire sur mes genoux, je la force à s'y asseoir. Elle pousse un cri et me regarde, les mains croisées sur son giron. Je passe ma main dans ses cheveux roux et je la regarde dans les yeux.

— Comment une fille aussi belle que toi a-t-elle pu rester vierge aussi longtemps ?

Elle se tend comme un arc et mordille sa lèvre inférieure.

— Je ne sais pas, monsieur.

— Appelle-moi Andrei, je te prie, dis-je en secouant la tête.

Ses yeux vert étincelant sont décontenancés, elle s'enferme dans un mutisme absolu. Je contemple ses lèvres pleines et pulpeuses, ma verge palpite dans mon pantalon. Depuis qu'elle s'est assise pour dîner, je bande comme un taureau.

La robe très révélatrice qu'elle a choisie m'assure une

vue idéale sur son décolleté. Je la rapproche et passe mes doigts derrière sa nuque.

Ses yeux demeurent vides et inexpressifs, cette fille cache quelque chose, je le sens au fond de moi. Elle a vécu des atrocités et a appris à masquer ses émotions.

Tout à coup, ses lèvres se posent sur les miennes. Je l'embrasse légèrement mais elle se crispe dans mes bras, commence par résister. Après quelques instants d'insistance, elle cède et me permet de l'embrasser. Ma langue plonge dans sa bouche, la fouille avec une passion débridée.

Je ne sais pas si elle cède parce qu'elle aime ça ou si elle s'en tient à sa formation. Quoi qu'il en soit, son goût est un pur délice. Je peux lire dans la plupart des gens comme à livre ouvert, mais cette fille est impossible à cerner. Je parie qu'elle a donné du fil à retordre à mes *shestyorka*. Si elle consent à rester, imaginer la prendre dans tous les sens du terme m'excite grandement.

Je lâche sa nuque et je la libère.

Elle s'écarte, les yeux ronds comme des soucoupes. Mon sexe s'agite en découvrant la jolie nuance de rose qui colore ses joues, le désir a dilaté ses pupilles. Je sens qu'elle veut descendre de mes genoux mais je l'en empêche. Elle refuse peut-être d'admettre que je l'excite, mais la preuve est là.

— J'aimerais une réponse d'ici demain, Vera.

Elle regarde ses mains, sa poitrine se soulève.

— Soit je reste ici avec vous en tant qu'esclave sexuelle, soit je pars habiter ailleurs en tant que femme de ménage dans l'une de vos autres maisons. C'est bien ça ? demande-t-elle histoire de clarifier ses possibilités.

— Tu ne serais pas mon esclave sexuelle. Je te traiterais avec respect et je te laisserais ta liberté, mais tu devras m'autoriser à te dominer au lit. Je plisse les yeux. Je sais que tu n'es pas familière avec le bondage, puisque tu es vierge. Je laisse mes mains glisser jusqu'à ses hanches et j'y enfonce le bout de mes doigts. Je ne manquerais pas de t'initier.

Elle remue sur mes genoux, ce qui décuple mon érection.

— Cette pratique me fait envie avec n'importe quelle partenaire sexuelle, j'ajoute.

— Une partenaire sexuelle ? dit-elle, crispée.

— Oui, j'aime t'imaginer comme ma partenaire sexuelle.

Je me lève et la fais descendre, ses genoux tremblent lorsque je la pose au sol.

— Réfléchis et donne-moi ta réponse demain matin, dis-je en posant ma main au creux de ses reins, je la guide à l'extérieur de la pièce. Tu dois être à bout de force.

Elle ne rétorque rien, me laisse l'escorter hors de la salle à manger et vers les escaliers. Nous traversons en silence le vaste hall d'entrée. Je la laisse monter les marches en premier et je lui emboîte le pas. Ne pas l'admirer de dos dans sa robe moulante est mission impossible.

Parvenue en haut des marches, elle pivote vers moi en entrelaçant ses doigts. Je me rapproche d'elle.

— Bonne nuit, Vera. Je dépose un baiser sur sa joue. Va

dans ta chambre, dis-je en faisant un signe de tête vers l'entrée.

Elle ouvre grand les yeux et cherche quelque chose. Il me faut quelques instants pour comprendre qu'elle s'attend à la présence d'une escorte armée.

— Il n'y a pas de gardes ici. Tu es libre de circuler dans la maison, mais tu ne pourras pas t'en aller.

Elle me dévisage longuement, jauge mon sérieux et déclare, après un long moment de silence,

— Bonne nuit, monsieur.

J'attrape sa main et la contrains à se rapprocher.

— Je t'ai dit de m'appeler Andrei, dis-je en laissant mon souffle taquiner ses lèvres. Elle est si proche que je pourrais la goûter à nouveau, mais je ne veux pas insister. Elle doit encore se décider, se montrer trop insistant pourrait l'inciter à partir.

Mes doigts me démangent, j'ai envie de les enrouler autour de son cou doux et long. Je cède à la tentation, mes doigts effleurent la peau de sa gorge.

— C'est clair ?

Elle hoche la tête, ses yeux arrondis pourtant dénués de peur. Tout le monde me craint, je ne suis pas habitué à ce type de réaction. Mes doigts se resserrent autour de sa gorge, elle ne sourcille pas.

— Je veux te l'entendre dire.

— Limpide, monsi… Andrei.

Je souris et lui adresse un signe de tête appréciateur.

— C'est bien, maintenant repose-toi.

Elle esquisse une drôle de révérence avant de prendre congé. Il est impossible de ne pas admirer le balancement de ses hanches quand elle s'éloigne dans sa robe moulante. Mon cœur bat plus vite lorsqu'elle se glisse dans sa chambre et me laisse en plan, ma bite palpite douloureusement en signe de protestation. Le désir bestial d'attraper ses hanches et de faire rentrer ma bite de force à l'intérieur de son sexe étroit est si puissant que j'ai l'impression de m'embraser.

Une vierge authentique, une vraie beauté, dort tout près de moi, seul un mur nous sépare. J'espère qu'elle acceptera d'être mon esclave. Le plaisir que je retirerais de son obéissance, en obligeant son corps à réagir, serait des plus satisfaisants.

Suis-je à même de franchir les murs qu'elle a érigés ?

Le côté obscur que cachent ces remparts est incommensurable. J'ai vécu des choses terribles et je suis douloureusement conscient de ce que c'est. J'ai toujours détesté le milieu dans lequel je suis né et j'ai toujours pensé que je devais être l'homme que je suis aujourd'hui. Ou, plus exactement, le monstre que je suis devenu.

Derrière cette apparence se cachent des secrets trop sombres pour être dévoilés. Je ne comprends pas pourquoi je cherche désespérément à découvrir ce qui bloque Vera. Elle m'intrigue encore plus que lors de son acquisition.

Elle constitue ma conquête la plus excitante à ce jour, une énigme que je ne vois pas l'heure de résoudre.

6
VERA

La douleur m'oppresse tandis que je sanglote sur mon oreiller. Il m'est presque impossible de reprendre mon souffle tant je pleure à chaudes larmes. Pour la première fois en trois ans, ma mission me dépasse.

Les esclavagistes m'ont battue et humiliée pendant des mois, mais ce n'était rien comparé à ce que j'ai enduré ce soir. M'asseoir et dîner avec l'homme qui a tué ma famille, c'est la goutte d'eau qui a fait déborder le vase, sans parler de l'embrasser. Andrei Petrov est l'homme que je déteste et que je dois tuer.

Pourquoi ne se comporte-t-il pas comme l'homme dont j'ai tellement entendu parler ? Igor, mon oncle, compte sur moi pour l'éliminer. Ses paroles tournent en boucle dans mon esprit.

Tu es notre sauveuse, Vera. La femme qui nous libérera des monstres comme lui et qui vengera la mort de mon frère.

Quand Andrei m'a embrassée, mon corps m'a trahie. La honte m'écrase. Ses muscles durs pressés contre moi, me retenant, m'ont donné envie de gémir. Mais je ne l'ai pas fait. J'ai maîtrisé mes réactions, comme on me l'avait appris. Quand il m'a touchée, j'ai eu l'impression d'être foudroyée.

Je m'en veux d'avoir aimé le contact de sa peau sur la mienne. Je n'ai pas pu réprimer mes réactions. C'est le premier homme qui m'a touchée ou embrassée. Ses lèvres sur les miennes étaient douces mais voraces. Quand je suis retournée dans la chambre, j'ai dû me précipiter dans la salle de bains pour vomir ce steak délicieux. Les émotions qui s'affrontent en moi sont presque impossibles à maîtriser.

Le lit moelleux ne me réconforte guère. J'aimerais me retrouver sous la coupe de l'esclavagiste, au moins, je me sentais maîtresse de la situation. Me retrouver face à face avec l'assassin de ma famille sera toujours compliqué, en outre, il m'a offert un choix impossible. Abandonner tout ce pour quoi j'ai travaillé et le laisser m’envoyer ailleurs, ou devenir son esclave. C'est la seule façon de m’octroyer suffisamment de temps pour me venger de lui.

Oncle Igor a insisté pour que je l’élimine rapidement. Des centaines de personnes célébreront mon sacrifice et je serai une héroïne, je n'ai jamais souhaité en devenir une un jour. Je veux que cet homme souffre autant que j'ai souffert, autant dire que la soumission est ma seule et unique solution.

C'est dangereux. L'idée de laisser un homme que je

veux tuer me pénétrer est un pas de trop. Ce serait pire si mon corps réagissait comme lors de son baiser. Je n'ai pourtant pas le choix, je ne peux pas le laisser m'emmener ailleurs.

Des pas pesants se font entendre devant ma porte et j'arrête de sangloter. Je réalise que j'ai fait trop de bruit. Je retiens mon souffle, à l'affût du moindre mouvement. Le bruit de la poignée de porte qui tourne me pousse à attraper le couteau posé sur la table de nuit. Je le fourre sous mon oreiller, prêt à l'emploi.

— Vera ? demande Andrei, d'une voix rauque et calme.

Je demeure immobile, trop effrayée pour dire un mot.

— Je t'ai entendue pleurer. Tu vas bien ? demande Andrei en se rapprochant. Ce n'est pas dans ses habitudes, son inquiétude n'est pas normale. Son visage apparait alors qu'il s'avance dans la lumière de la lune qui scintille derrière la fenêtre. Je déteste que ma première pensée en voyant son visage soit sa beauté.

Je ne peux pas le laisser voir ma faiblesse. Personne ne me voit pleurer, jamais. J'essaie de me ressaisir et de faire croire que je ne pleure pas depuis des heures.

Ma bouche s'assèche comme je baisse les yeux, Andrei ne porte rien hormis un boxer moulant. Les battements de mon cœur s'accélèrent lorsqu'il s'installe dans le lit à mes côtés. Je m'éloigne instinctivement.

Le rasoir est toujours sous mon oreiller. Je tourne mes yeux vers l'oreiller, me demandant si je dois passer à l'action. Oncle Igor a peut-être raison, une mort rapide permettrait d'éviter les problèmes.

— Ne t'inquiète pas, je ne te ferai pas de mal et je ne tenterai rien, murmure-t-il. Je veux juste te prendre dans mes bras.

Je frissonne lorsque ses bras musclés s'enroulent autour de ma taille, qu'il m'attire contre lui. Mon corps réagit à nouveau. Ma température va crescendo quand sa peau touche la mienne, un désir absolu me consume, réveille ma part de ténèbres. La honte est le sentiment le plus fort à cet instant précis, ma réaction me donne la nausée. Ma culotte devint humide entre mes cuisses.

— Tu es en sécurité avec moi, murmure-t-il.

J'ai envie de crier, de hurler, de trancher la gorge d'Andrei ici et maintenant.

Je suis en sécurité avec un meurtrier. Personne n'est en sécurité avec cet homme, ma famille en est la preuve. Je fais abstraction de tout et je me réfugie dans mon coin de paradis : je puise dans un souvenir d'enfance, je joue dans un ruisseau avec mon frère et ma sœur.

Je fais comme si j'étais là-bas avec eux, comme si rien n'avait changé, je ferme les yeux et j'oublie les bras enveloppants de cet homme. Il ne peut pas me briser. Personne ne peut m'anéantir.

Je ne le laisserai pas me faire dévier de ma trajectoire. Je sombre dans le sommeil, mon seul répit dans cet enfer.

* * *

MES YEUX SONT secs et me gênent à mon réveil. J'ouvre un œil et découvre que le soleil entre à flots dans ma chambre. La luminosité brûle mes rétines, je ferme les paupières illico. Les souvenirs de la nuit précédente me reviennent subitement. Je me redresse et jette un coup d'œil de l'autre côté du lit, reconnaissante de constater qu'il brille par son absence.

La dernière chose que je voulais hier soir, c'était qu'il me rejoigne. Mes sanglots l'ont empêché de dormir, sa chambre ne doit pas être loin. Sa gentillesse franchement collante s'avère une complication imprévue.

Hier soir, allongée à ses côtés, j'aurais pu lui trancher la gorge. Mes doigts glissent sous l'oreiller, à la recherche du rasoir, mais il n'y est pas. Mes yeux s'écarquillent et je fouille la pièce du regard. Un gloussement provenant de la porte de la salle de bain me fait sursauter.

— C'est ça que tu cherches ? me demande Andrei.

Je lui coule un regard ; il tient dans sa main le rasoir que je cherchais, et sa barbe a l'air plus soignée. Je baisse les yeux pour découvrir qu'il ne porte qu'une serviette enroulée autour de la taille. Mon estomac fait des bonds et ma chatte se réveille quand je vois ses pectoraux, sa peau est constellée de gouttes d'eau. Sa ceinture Adonis rehausse le galbe de ses hanches, et disparait vers ce que dissimule cette serviette. Je me demande ce qui se cache sous la serviette, ouh la vilaine.

Je secoue la tête en guise de réponse, je garde la tête basse. Il a déjà trouvé le rasoir et je m'attends à une punition. Je baisse les yeux et me prépare à morfler.

— Regarde-moi, Vera.

Je déglutis difficilement et lui j'ose le regarder.

Il a posé le rasoir sur une table d'appoint et s'est rapproché. Je le regarde se décaler et s'asseoir au bord du lit, toujours enveloppé dans sa serviette. Ses muscles qui se contractent m'obligent à fermer les yeux, je suis incapable de continuer à voir ce spectacle. — Je sais que tu as vécu des choses horribles avec les esclavagistes, mais n'aie crainte, je ne t'infligerai pas le même traitement.

Il pose une main sur la mienne, son geste me perturbe grandement. Je m'éloigne et retire ma main de la sienne.

— Vera, j'espère que tu apprendras à me faire confiance. Il pose sa main sur ses genoux. Dans le cas contraire, tu peux choisir d'aller dans l'une de mes autres propriétés. Un poste est à pourvoir dans ma villa de Miami.

Miami rime avec *paradis*, mais je ne peux pas laisser tomber mon plan. Je vais devoir jouer le jeu en devenant son esclave. Je sais que cela sous-entend peut-être de lui offrir ma virginité.

Encore une fois, ses actes ne collent pas à mes attentes. Il ne me réprimande pas pour avoir pris le rasoir et l'avoir gardé sous mon oreiller. Il se lève du lit, se retourne et défait la serviette, mon désir monte crescendo.

Il enfile un caleçon propre et retourne à l'armoire pour y prendre le rasoir. Je reporte mon attention sur lui alors qu'il avance vers moi.

— Garde le rasoir, si tu te sens plus en sécurité.

Il me tend le rasoir. Je le regarde, incrédule, je me demande pourquoi il me donnerait le couteau. Il semble sûr de lui, persuadé que je n'essaierai pas d'attenter à sa vie. Peut-être ai-je sous-estimé la facilité avec laquelle je pourrais le tuer. C'est un *pakhan* influent.

— Je ne voudrais pas paraitre insistant, mais je me demande ce que tu penses de ma proposition.

Il se tourne vers moi, ses yeux sombres brûlent de désir. Un frisson me parcourt de la tête aux pieds, l'indécision m'envahit. Suis-je capable de choisir une autre voie ? Je hoche la tête, sachant que je ne peux pas décevoir mon oncle. Il compte sur moi, et il m'a dit quelles seraient les conséquences d'un échec, changer de plan n'est pas envisageable

— Oui, je souhaite rester ici et devenir votre esclave, dis-je en gardant les yeux rivés au sol.

Une joie authentique brille dans ses yeux, il s'avance vers moi en souriant.

— C'est formidable, dit-il en me prenant le menton et en me contraignant à le regarder. Je te traiterai bien, Vera. N'aie crainte.

Mon estomac se noue quand ses lèvres s'approchent des miennes. Ma mission serait bien plus facile s'il était vieux et moche. Mon corps réagit, et je ne peux pas contrôler ces réactions malgré ma haine viscérale. Quand ses lèvres rencontrent les miennes, mon conflit intérieur fait rage.

Son baiser est à la fois doux et possessif. Hier soir, j'ai eu droit à un premier baiser de rêve, seulement terni par l'homme qui m'a embrassé. Je suis totalement novice en matière de sexe et de relations. Mon père était le *pakhan* de la mafia de Saint-Pétersbourg, l'une des mafias les plus puissantes que la Russie ait jamais connues. Il ne me laissait pas approcher les garçons et protégeait farouchement notre famille.

La langue d'Andrei se glisse dans ma bouche et se mêle à la mienne. Je suis perdue, j'oublie *qui* m'embrasse. Un gémissement honteux s'échappe de ma bouche alors que mon désir augmente. J'ai été extrêmement dure envers moi-même, même après la mort de ma famille. Je n'ai jamais cédé au simple plaisir, ce qui rend la maîtrise de mes pulsions encore plus difficile.

Ces pensées tourbillonnent dans ma tête lorsqu'il mord ma lèvre, et je me crispe. Cet homme a tué ma famille. Je recule, un conflit intérieur fait rage. Trop d'émotions déferlent, je n'arrive plus à m'entendre penser, dans ma tête, c'est le chaos absolu.

Il attrape mes cheveux et les serre dans ses mains.

— Tu sais ce que devenir mon esclave implique ?

Ses yeux sombres brûlent de convoitise. Je hoche la tête et détourne le regard.

— Vera, regarde-moi, ordonne-t-il.

J'obéis, j'aimerais tant pouvoir me dérober et ne pas répondre à son injonction.

— Tu n'auras pas le dessus avec moi. Il resserre sa poigne sur mes cheveux, les tire presque au point de me faire mal. Je vais contrôler ton corps, je vais le dominer. Tu seras à moi. Tu comprends ? demande-t-il.

— Oui, monsieur, dis-je en baissant la tête.

Il attrape fermement ma gorge, me force à croiser son regard. Je déteste la façon dont je réponds à sa domination. Mes mamelons durcissent et mon cœur palpite de désir, assez pour me donner la nausée.

— Très bien, dit-il d'une voix plus rauque qu'auparavant. Habille-toi pour le petit-déjeuner.

Je déglutis difficilement lorsqu'il lâche ma gorge, reconnaissante qu'il n'ait pas l'intention de me déflorer tout de suite. L'idée de l'avoir en moi m'excite et me répugne à la fois. Je ne comprends pas pourquoi, ce désir obscène m’est insupportable.

7
ANDREI

J'ai fait preuve de patience ces cinq derniers jours, mais chaque fois que j'embrasse ou que je touche Vera, elle se fige. Ça me rend dingue, je me retiens de lui sauter dessus. Vera est la plus belle femme que j'aie jamais rencontrée, et je veux la faire mienne. Je dois la marquer de mon empreinte pour qu'aucun autre homme ne la touche.

Au bout de cinq jours passés ensemble, je me demande si elle finira par se détendre en ma présence. La patience est essentielle lorsqu'on a affaire à une vierge qui a vécu un véritable enfer aux mains de ses entraîneurs.

Son approbation pour devenir mon esclave m'a comblé d'aise, mais elle est d'une froideur glaciale, une beauté brisée incapable de surmonter son passé douloureux.

Peut-être a-t-elle besoin de plus de temps. C'est une vierge, une femme qui ne peut pas comprendre mes souhaits et mes attentes.

D'après mon expérience, il faut du temps. Jen était la seule autre vierge à avoir accepté d'être mon esclave, mais elle n'était pas la femme que je pensais. Quand elle a essayé de filer en douce pour partir avec l'un de mes *shestyorka* au vu et au su de tout le monde, la réponse a été brutale.

Si elle était venue me voir et m'avait raconté la vérité, j'aurais fait en sorte d'arranger le coup. Je n'étais pas amoureux d'elle, nous nous entendions bien au lit, mais ça s'arrêtait là.

Cela fait longtemps que j'aspire à trouver une femme apte à devenir ma femme, mais je suis trop glacial et taciturne. Aucune femme saine d'esprit ne m'offrirait son cœur, et pour cause.

Il est impossible d'aimer une femme tout en restant le *pakhan* d'une mafia aussi puissante. Mon métier est trop dangereux, ça ne colle pas.

L'ouverture de la porte de la salle à manger attire mon attention. Je sens mon rythme cardiaque s'accélérer à sa vue, elle glisse presque vers moi.

Si un jour je tombais amoureux, ce serait d'une femme comme elle.

— Bonjour, *Krasivaya,* dis-je lorsqu'elle pose sa main sur le dossier de la chaise à côté de moi, comme chaque matin.

C'est étrange, elle est réglée comme une pendule, toujours à l'heure.

Elle esquisse un demi-sourire qui n'atteint pas ses yeux, jamais.

— Bonjour, marmonne-t-elle en s'asseyant sur sa

chaise à côté de moi.

— Tu as bien dormi ? je lui demande, me souvenant de la façon dont elle a sangloté la première nuit. Depuis, elle n'a plus fait aucun bruit, à ma très grande déception.

Je ne lui ai pas encore annoncé que ma chambre était contiguë à la sienne, raison pour laquelle je l'ai entendue cette nuit-là, je ne pouvais pas rester dans ma chambre sans rien faire. Un désir irrépressible de la réconforter m'a poussé à la rejoindre dans sa chambre. J'ai été déçu qu'elle ne m'ait pas donné de raison d'y retourner.

— Oui, dit-elle en prenant sa fourchette et en piquant la viande froide dans son assiette.

Ma mâchoire se serre devant la brièveté de sa réponse, et je me concentre sur mon assiette. Vera ne me donne jamais rien en retour, son attitude commence à m'agacer. Elle n'essaie pas de faire la conversation, même si j'y mets du mien. Plus j'y réfléchis, plus ma rage croit face à la maigreur de ses sentiments.

— Tu es sûre de vouloir être mon esclave ? je demande, incapable de masquer mon agacement. Je sirote mon jus d'orange en la regardant par-dessus mon verre.

— J'en suis sûre, monsieur. Pourquoi cette question ?

Je saisis sa main, elle se crispe et s'éloigne.

— Parce qu'à chaque fois que je te touche, tu tressailles.

Sa mâchoire se contracte et un éclair de quelque chose passe dans ses yeux. On dirait de la panique.

— Parle-moi, Vera.

Elle détourne le regard, se concentre sur son assiette et se ressaisit.

— Je ferai tout ce que vous voulez. Elle ménage une

pause. Vos désirs sont des ordres. Ce n'est pas comme ça que ça marche ?

Je me passe la main sur la nuque, j’essaie de garder mon calme.

— Oui, mais j'attends de toi que tu y prennes du plaisir, dis-je, mécontent. Ce n'est pas agréable quand la femme n'est pas intéressée.

Elle hoche la tête mais ne me regarde toujours pas dans les yeux.

— Je comprends. C'est tout nouveau pour moi, murmure-t-elle.

Subitement, mon agacement s'estompe au souvenir de ce qu'elle a subi ces derniers mois. Dieu sait quelles horreurs cette femme a endurées dans sa vie. Une vierge a toutes les chances d'être tendue quand un homme inconnu la touche. Je me lève de ma chaise et passe derrière sa chaise, je touche ses épaules.

Un tremblement part du sommet de sa tête et descend le long de sa colonne vertébrale lorsque je les pétris. La tension est plus forte que tout ce que j'ai pu ressentir auparavant. Elle doit se détendre.

— Nous commencerons après le petit déjeuner, dis-je.

Une tension s'installe dans ses épaules.

— Oui, monsieur, dit-elle en laissant tomber sa fourchette. J'ai fini.

Elle a très peu mangé, son appétit est coupé depuis la première nuit. Je chasse de mon esprit l'inquiétude concernant ses habitudes alimentaires et je lâche ses épaules.

— Suis-moi.

Elle se lève de sa chaise et me suit, les yeux rivés au sol. Quoi que je dise, elle ne peut pas oublier sa formation. Je me demande si elle est vraiment vierge tandis que nous montons les escaliers en direction de ma chambre. Elle ne se serait pas attendue à ça de bon matin, mais je n'ai pas de rendez-vous aujourd'hui.

J'ouvre la porte de ma chambre. C'est la première fois que Vera entre ici.

— Entre, lui dis-je.

Elle s'exécute, les yeux rivés au sol. Ma verge s'allonge contre la fermeture éclair de mon pantalon. J'ai tellement hâte de la voir nue à nouveau que je dégouline dans mon boxer moulant.

Derrière les portes closes, j'enlève ma veste de costume et je défais ma cravate. Vera m'observe pendant que je déboutonne ma chemise, ses yeux s'ouvrent grands lorsque je l'enlève. Je lui plais, sans l'ombre d'un doute.

— Déshabille-toi, dis-je en approchant mes doigts de la boucle de ma ceinture.

Elle avale avec difficulté et retire son tee-shirt, dévoilant sa poitrine généreuse. Ses mamelons durcis et dressés pointent dans ma direction. Il me faut tout mon self-control pour ne pas me précipiter vers elle et les sucer. Je gémis en enlevant mon pantalon, je reste en caleçon.

Elle déboutonne son pantalon et le fait descendre le long de ses hanches larges sans détacher ses yeux du sol. Ses sous-vêtements noirs en dentelle sont super sexy. Elle s'arrête et croise les bras sur sa poitrine.

— Enlève ta culotte, dis-je d'une voix autoritaire.

Ses joues adoptent un rouge adorable tandis qu'elle

passe ses doigts dans l'élastique. Je la regarde descendre son slip sur ses hanches, elle se retrouve bientôt nue devant moi. Cette vision de rêve me pousse à avancer, sa chatte est aussi merveilleuse que le reste de son corps.

— Allonge-toi sur mon lit, sur le dos.

Ses genoux vacillent tandis qu'elle obtempère. Mon attention se porte sur les attaches intégrées. L'idée d'enserrer ses chevilles et ses poignets, de la forcer à être à ma merci, est un fantasme qui tourne en boucle dans mon esprit depuis que je l'ai vu. Elle est allongée, bras croisés sur la poitrine, jambes serrées.

Je me déplace vers le coin supérieur du lit et contemple ses poignets attachés, m'assure qu'ils sont correctement noués. Ses yeux s'écarquillent lorsqu'elle teste leur résistance. Ma part d'ombre va crescendo quand je passe à ses chevilles, désireux de maintenir ses cuisses écartées grandes ouvertes.

Elle résiste quand j'écarte sa cheville droite et que je la bloque dans la lanière de cuir. Je fais de même avec sa cheville gauche et je l'attache de force. Cette fois, elle ne se débat pas.

Tout son corps est rose, ses joues sont rouge vif.

Pour la première fois, une lueur de peur passe dans ses yeux, mais elle n'a rien à craindre de moi. Je ne vais pas la baiser tout de suite mais il n'y a aucune chance qu'elle m'échappe. Ma part d'ombre augmente, je mémorise l'image de ses jambes écartées par les liens à ses chevilles. J'aime avoir une femme à ma merci, j'aime la savoir incapable de contrôler ce qui va lui arriver ou ce que je vais lui faire ressentir. Ma bite palpite dans mon boxer moulant, je passe ma main dessus en gémissant. Sa chatte est toute mouillée d'excitation.

Elle déglutit avant de répondre,

— Intacte comme au premier jour, monsieur.

Elle me regarde, mi-apeurée, mi-fascinée quand je retire mon caleçon, libérant ma verge en érection. Je m'approche d'elle et j'effleure du bout des doigts ses cuisses douces et laiteuses. Elles frémissent à mon contact. Je m'agenouille entre ses jambes écartées et passe un doigt dans les plis de sa vulve. Elle est trempée, littéralement trempée.

J'ai l'eau à la bouche à l'idée de la goûter.

— À quel point es-tu vierge ? je lui demande, en fixant ses magnifiques yeux d'un vert étonnant.

Un grognement sourd monte dans ma gorge. Je serai le premier homme à la lécher, le premier homme à la faire jouir. J'abaisse ma bouche jusqu'à son sexe mouillé et j'écarte ses lèvres avec ma langue. Elle gémit, s'agrippe aux draps autant que les liens le lui permettent.

Je la masturbe brièvement, en mordillant et en suçant ses grandes lèvres. Après avoir frémi, je laisse ma langue effleurer son clitoris palpitant. Elle sursaute, gémit et je l'aspire dans ma bouche. Sa chatte est inondée d'un nectar au goût de miel, j'en lèche la moindre goutte.

C'est plus doux que du nectar, un vrai paradis.

Je titille ses lèvres avec deux doigts avant de les plonger en elle. Elle est incroyablement serrée, et sa tension n'arrange rien. Je lui jette un coup d'œil, elle mord sa lèvre inférieure et me regarde d'un air troublé.

Je lèche à nouveau son clitoris et je vois ses pupilles se

dilater. Elle ne va pas tarder à me céder, à céder aux sensations que j'entends lui faire endurer. Ses bras et ses jambes tirent sur les liens lorsque je plonge à nouveau mes doigts en elle.

Je franchis prudemment la barrière de sa vulve, un gémissement profond s'échappe de ses lèvres sensuelles. Mon côté dominant se réveille, se réjouit d'avoir franchi ses murs. Je monopolise tout mon sang-froid pour ne pas la posséder maintenant, attachée pour moi, cuisses écartées.

Le besoin de la posséder me gagne alors que je la goûte. Ma langue plonge en elle comme si j'étais affamé de cette femme. Je veux la dévorer, la faim grandit et prend le contrôle.

Malgré sa réserve, un couinement franchit la solide barrière qu'elle a érigée. Je laisse mes dents s'enfoncer dans la peau de ses plis, elle gémit davantage. S'il y a une chose que je sais, c'est qu'une petite dose de douleur intensifie le plaisir comme jamais.

J'introduis un doigt en elle, je la doigte profondément en continuant à lécher son clitoris palpitant. Ses hanches se rapprochent de mon visage autant que possible, n'oublions pas qu'elle est attachée. Je n'utilise que des sangles plutôt lâches. La posséder sur mon banc de bondage dans ma salle des plaisirs me donne envie de me lâcher, mais mieux vaut y aller mollo avec une vierge.

Ses cuisses frémissent tandis que je continue à la tringler avec un doigt, j'en introduis un deuxième. Elle pousse en gémissement sourd et ferme les yeux. Je ne peux pas expliquer ce que je ressens en la voyant se soumettre.

— Oh oui, elle gémit, essaie de s'agripper aux draps, de lutter contre ses liens.

Je lèche et suce son clitoris en faisant tourner ma langue autour. Mes dents mordillent sa vulve trempée qui dégouline sur mes doigts. Elle murmure quelque chose en russe que je n'arrive pas à saisir.

Je la sens se lâcher, ses muscles frémissent tout au fond.

— Oh mon Dieu, s'écrie-t-elle alors que je la doigte plus intensément, son orgasme approche.

Ses joues sont cramoisies, on dirait qu'elle expérimente son premier orgasme, c'est peut-être le cas. Mes couilles se contractent mais je ne peux pas la faire jouir pour le moment.

— C'est ça, *Krasivaya,* laisse-moi savourer la moindre goutte, je gémis en la léchant jusqu'à ce qu'elle ait cessé de trembler.

Malgré ma bite en érection, je me déplace pour m'allonger à ses côtés, je l'attire contre ma poitrine. Elle est toute molle, tout son corps est alangui alors qu'elle pose sa tête sur mon torse. Ses paupières se ferment, elle ne dit pas un mot, je comprends qu'elle s'est endormie quand sa respiration s'apaise.

Je bande toujours mais nous avons tout le temps d'apprendre à nous connaitre. J'ai hâte de posséder cette vierge.

8
VERA

Dégoûtée.

C'est le seul mot capable de décrire mon ressenti en ce moment. La culpabilité de ce qu'Andrei a fait à mon corps me donne envie de vomir.

Le pire, c'est que j'ai adoré ça. Andrei m'a fait ressentir des choses totalement nouvelles. J'avais en partie envie de le sentir en moi, comme si mon corps ne pouvait pas comprendre la vérité dont mon cerveau a conscience. Cet homme est terrible.

Il dort à mes côtés, il ronfle. Je déglutis avec difficulté en le regardant. Le besoin d'en finir avec lui me submerge.

Le rasoir se trouve dans la poche de mon jean, je dois m'en servir sans attendre. Je ne peux pas continuer ce truc tordu et vicieux entre nous. Si nous couchons ensemble, je ne pourrai pas contrôler mes réactions. Comment pourrais-je me supporter si l'homme qui a pris ma virginité est aussi celui qui a assassiné ma famille ?

Je n'aurai plus longtemps à vivre quand je l'aurai tué,

mais mourir vierge vaut mieux qu'offrir ma virginité à ce monstre. Sa confrérie me tuera pour mon geste. Il y a pire dans la vie que de mourir vierge, et baiser avec un homme tel que lui en fait partie.

J'écarte les draps et je vais vers mon pantalon. Le rasoir est dans la poche arrière, je referme mon poing dessus. Le moment fatidique auquel je me prépare depuis ces trois dernières années est enfin arrivé. Ça peut sembler décevant, mais peut-être que rien n'aurait suffi à étancher ma soif de vengeance.

Je retourne dans le lit et j'ouvre le rasoir. Mon cœur tambourine dans ma poitrine tandis que je regarde l'homme, un homme qui se comporte différemment de ce à quoi je m'attendais. Il est presque gentil. Dans son sommeil, il est superbe. Je déteste le reconnaitre, mais c'est la vérité.

Ma main tremble lorsque je place le rasoir sur sa gorge, prête à l'ouvrir. Ce moment, je l'ai vécu tous les jours depuis trois longues années, mais maintenant, j'hésite, la lame est à quelques centimètres de sa gorge.

Pourquoi je n'y arrive pas ?

Je sens des larmes de frustration me piquer les yeux. Andrei est la première personne que j'essaie d'assassiner, on m'a dit que ce n'est pas facile, même si on déteste la personne.

Le fait qu'il ait fait preuve de gentillesse depuis qu'il m'a acheté n'aide pas.

Où est la bête diabolique dont j'ai tellement entendu parler ?

En le regardant, je n'arrive pas à le comparer au meurtrier de sang-froid de ma famille.

Je secoue la tête. J'ai vu les photos. Les images se bousculent dans mon esprit et je serre les dents, réalisant sans aucun doute que je dois le tuer. C'est maintenant ou jamais.

Je suis prêt à l'égorger, la rage me galvanise. Soudain, sa main se referme sur la mienne et ses paupières s'ouvrent.

J'essaie de lui enfoncer le couteau, mais il est trop fort.

Merde.

Tout ce pour quoi j'ai travaillé ces trois dernières années tombe à l'eau.

Il me domine et jette le rasoir par terre, hors de portée. Une rage noire brille dans ses yeux alors qu'il me plaque sous lui et me colle au lit. Sa verge en érection palpite contre mon ventre.

— Qu'est-ce que tu fous, Vera ? grogne-t-il en me regardant dans les yeux.

Je m'accroche à mon bouclier, la seule chose qui me reste, malgré l'envie de crier et de lui hurler la vérité. La règle essentielle que mon oncle m'a apprise est de ne jamais baisser la garde. Je me mords la lèvre en le regardant fixement.

— Réponds-moi, grogne-t-il.

Je détourne la tête.

— Pourquoi essayais-tu de me tuer ? Sa voix tremble d'une fureur mesurée et dangereuse.

Il ne me fait pas peur. Il peut me tuer, j'en ai rien à foutre. Le but était de me venger, et j'ai échoué. Ma vie ne vaut pas la peine d'être vécue. Mon oncle ne me le pardonnera jamais.

Je sursaute lorsque sa bouche se heurte à la mienne, m'embrasse goulument. Je résiste en essayant de l'arrêter. Sa langue se glisse dans ma bouche et je la mords, mais pas assez fort pour le dissuader.

Il gémit contre ma bouche, me mord la lèvre en retour et fait couler le sang.

Nous restons empêtrés dans une bataille de désir et de haine, nous combattons avec nos langues et nos lèvres. Plus il s'obstine, plus mon corps me trahit.

Je m'agrippe à l'homme que j'ai essayé de tuer il y a quelques instants, je l'embrasse avec une fureur maladive et brisée. Mon esprit sait que c'est mal, mais mon corps s'en moque.

Il trouve mon vagin et introduis deux gros doigts dans mon sexe trempé. Je crie sous l'effet de l'invasion soudaine tandis qu'il embrasse mon cou et ma gorge, mord ma clavicule assez fort pour y laisser sa marque. Ses yeux luisent d'un éclat sauvage, comme possédés.

Je devrais être morte. Andrei devrait me tuer pour avoir essayé de mettre fin à ses jours, d'intenter à la vie d'un *pakhan*. Au lieu de cela, il m'embrasse et me caresse. Je gémis contre sa bouche, mords sa lèvre suffisamment pour faire couler le sang et le goûter dans ma bouche.

Il grogne et excite mon clitoris, me précipite au bord de l'orgasme. Il me tient d'une main et prend quelque chose dans sa table de chevet.

Mes yeux s'écarquillent en découvrant un bâillon

boule. Il l'introduit dans ma bouche et le serre à l'arrière de ma tête.

— Plus de morsure, gémit-il en enfonçant sa longue bite épaisse dans mon corps.

Mon conflit intérieur fait rage. J'ai l'impression d'être déchirée en deux. Mon corps réagit à ses attentions d'une manière que je méprise et que j'adore à la fois. Je suis à sa merci, emprisonnée par sa puissance et sa taille.

Il saisit mes poignets et resserre davantage les liens. Il fait de même avec mes chevilles, me maintient au lit sans aucune pitié. Sa bite est libérée de son caleçon en quelques secondes, il frotte son gland épais et gonflé contre ma vulve, s'enduit de ma mouille.

La peur, la panique et le désir déferlent en même temps.

Il va me posséder ?

L'homme que je déteste est sur le point de me baiser sans ma permission. Il n'a pas besoin de ma permission, puisque je lui appartiens. Je suis sa vierge, il fait de moi ce qu'il veut. Je m'arcboute, je ferme les yeux et j'attends.

Au lieu de cela, il s'accroupit et abaisse sa bouche vers moi. Je me contorsionne, en proie à l'extase absolue lorsqu'il m'embrasse avec une tendresse contrastant avec ses baisers sauvages. La façon dont il me dévore est d'une intensité franchement contradictoire, la minute d'avant avec passion et furie, la minute d'après, avec tact et mesure.

Mon esprit est aux abonnés absents lorsqu'il introduit ses doigts dans mon sexe et les recourbe. La tension va crescendo, un désir brûlant et ardent s'empare de mon corps. Mon esprit ne lutte plus pour se cramponner à la vérité. J'ai beau essayer de m'en tenir à ma résolution et de me forcer à le haïr, je n'y arrive pas.

Je gémis autour du bâillon buccal au moment où sa langue dressée touche les terminaisons nerveuses sensibles entre mes cuisses, un plaisir indicible traverse tout mon corps.

L'étroitesse des liens de cuir entame ma peau, une douleur cuisante s'ajoute. Ses dents glissent sur mon clitoris, je pourrais jouir sur-le-champ mais il s'arrête et m'arrache un gémissement.

— Tu n'auras pas l'autorisation de jouir tant que tu ne m'auras pas dit pourquoi tu as essayé de me tuer , dit-il, les yeux dans les miens. Les ténèbres brûlent dans ses pupilles, il ne plaisante pas.

Je déglutis avec difficulté, je me souviens de mon entraînement. Il est vrai que devoir endurer un plaisir égalant la torture, sans un instant de répit, ne diffère en rien d'une douleur continuelle. Je ferme les yeux et j'essaie d'imaginer l'endroit où je me rends toujours.

Une main frappe violemment ma cuisse, me force à ouvrir les yeux.

— Garde les yeux ouverts, grogne-t-il.

Sa main s'abat sur mon autre cuisse, la douleur excitante m'arrache un gémissement. Je n'y suis pas habituée, la douleur ne rime pas avec plaisir mais c'est différent quand il me frappe ; soudain, tout s'éclaire.

J'essaie de respirer pendant qu'il recommence à masturber mon clitoris, il le suce et le mordille du bout des dents. Mon corps est tendu comme un arc. Je rêve de jouir sur-le-champ, mais il me refuse ce bonheur.

Il connaît mon corps mieux que moi. A chaque fois que je suis sur le point de jouir, il m'en empêche et me prive du plaisir. Il s'arrête et me dévisage.

— Es-tu prête à me le dire ?

Je secoue la tête et lui lance un regard noir. Personne ne m'a brisée dans ce foutu camp de vierges, et ce n'est pas lui qui commencera.

Il continue à me torturer, à faire durer mon plaisir. J'ai du mal à résister à l'envie de jouir mais je refuse de craquer. Bloquer la douleur après avoir subi tant d'entraînements pour m'y préparer est chose facile, mais aucun entraînement ne m'a préparée à ce que cet homme me fait subir.

Je ne saurais dire combien de temps il a poursuivi son petit manège, j'ai eu l'impression que ça durait une éternité. À chaque fois, il me pousse à bout et s'arrête à la dernière seconde.

Sa capacité à décrypter le fonctionnement de mon corps est impressionnante. Lorsqu'il abandonne, les larmes me piquent les yeux et je n'arrive plus à respirer.

Il se déplace pour défaire les liens de mes chevilles, mais refuse toujours que je jouisse. Je serre les cuisses, je me sens gênée et violée. Il s'assoit sur ses talons, son énorme bite encore à moitié dressée.

— Vera, regarde-moi, ordonne-t-il.

D'instinct, je fais ce qu'il me dit et plonge dans ses yeux bruns.

— Ta vengeance contre moi résulte très probablement

d'un tissu de mensonges, déclare-t-il les yeux mi-clos. De nombreux hommes veulent ma mort, mais je ne vois pas pourquoi une fille comme toi voudrait m'éliminer.

Le salaud.

Il les a tués. J'ai vu les photos avec lui et le couteau dégoulinant de sang. Il se tenait au-dessus de ma famille et les regardait mourir.

Je sens ma gorge se serrer lorsqu'il se déplace vers l'avant pour défaire le bâillon, me permet de respirer. Un flot d'émotions refoulées me frappe soudainement alors qu'il me libère.

Je me mords la lèvre, j'essaie de taire la vérité, de m'accrocher avec le plus de retenue possible, bien qu'il m'ait prise sur le fait.

Quelle différence cela fait-il, maintenant ?

— Tu les as tués, je gémis, un mélange de rage, de tristesse et d'étrange libération bouillonne en moi. Les larmes menacent de couler sur mes joues.

Il s'agenouille devant moi, toujours nu. Quelle situation tordue.

— J'ai tué qui ?

— Ma famille, dis-je, les larmes coulent sur mes joues, je me souviens du moment où je les ai découverts comme si c'était hier. La douleur est trop poignante, je n'ai jamais fait leur deuil, pas vraiment.

— Quand ça ? demande-t-il. Ses yeux sont durs comme de l'acier et sa mâchoire crispée.

— Il y a trois ans, à Saint-Pétersbourg.

Il me prend la main et la serre.

— Je ne vois pas comment ça peut être possible, je ne

suis pas retourné en Russie depuis dix ans, depuis que j'ai fui avec mon père.

Les attaches de mes poignets m'empêchent de m'éloigner de lui.

— Tu es un menteur, j'aboie.

Il se lève et se dirige à l'autre bout de la pièce, il revient avec son passeport.

— Je n'ai pas quitté l'Amérique depuis dix ans. Il brandit le passeport et le feuillette. Celui qui t'a dit ça a menti.

Je secoue la tête, incapable de comprendre ce qu'il dit. Il a dû partir avec un autre passeport.

— J'ai vu les photos de toi devant ma famille.

Il écarte un cheveu de mon visage et le met derrière mon oreille avec une douceur inhabituelle.

— Je n'ai rien fait, Vera. Je l'observe tandis qu'il réfléchit. Ces photos sont probablement une mise en scène. Qui était ta famille ?

Je le regarde méchamment mais un doute tenace s'installe. Andrei dit la vérité ? Son caractère ne correspond pas à celui décrit par mon oncle. Il a découvert que je suis là pour le tuer, mais il se comporte avec gentillesse et se montre compréhensif.

— Mon père s'appelait Ivan Popov, dis-je d'une voix calme.

Il se crispe et me regarde les yeux écarquillés.

— Ivan Popov ? Le *pakhan* tristement célèbre de la mafia de Saint-Pétersbourg ?

— Oui, dis-je en hochant la tête.

Il expire longuement.

— Je n'ai jamais rencontré ton père ni le reste de ta famille. La sincérité dans ses yeux me fait remettre en question tout ce que j'ai cru à son sujet. Je l'ai pleuré quand j'ai appris son décès, comme tout le monde ici, mon père le connaissait bien.

Je ne dis rien. Je ne peux pas. La boule dans ma gorge m'empêche de parler. Alors que j'essaie d'assimiler ce qu'Andrei me dit, tout mon univers s'écroule. Mon oncle a lourdement insisté, Andrei les a tués avant de s'enfuir en Amérique.

Il m'a montré les photos, et si Andrei avait raison ? Igor aurait pu me manipuler avec des photos truquées.

Mon oncle m'a dit que si je ne le tuais pas dans la semaine suivant la vente aux enchères, il viendrait effectuer le travail lui-même.

La main d'Andrei se pose sur ma joue.

— Comment te le prouver ? demande-t-il en cherchant la réponse dans mes yeux.

Je ne trouve pas de mots pour lui répondre. Je reste assise, abasourdie, confuse et plus brisée que jamais. La seule chose qui me faisait tenir était ma quête de vengeance, et maintenant elle a disparu.

Si Andrei n'a pas tué mes parents et mes frères et sœurs, alors qui ?

9
ANDREI

Je suis abasourdi. Cela fait six heures que je suis assis dans mon bureau, essayant de me concentrer sur les propositions qu'Alexi m'a demandé d'examiner, mais je n'y arrive pas.

Vera Popov a voulu me tuer. On a supposé que Vera Popov était morte avec le reste de sa famille, mais son corps n'a jamais été retrouvé. Mon père connaissait bien Ivan quand il était en Russie, ils étaient bons amis il y a longtemps. Je n'ai jamais eu l'opportunité de le rencontrer mais les histoires que mon père m'a racontées à son sujet m'ont convaincu qu'il s'agissait d'un homme bon.

Le coupable du meurtre de sa famille n'ayant jamais été retrouvé, les commanditaires ont essayé de se servir de Vera pour m'atteindre. Ils voulaient m'accuser du meurtre pour m'éliminer. Je ne pense qu'à ça, et à la femme superbe enfermée dans sa chambre. Vera attend mon châtiment.

Je devrais la tuer. Œil pour œil, dent pour dent, telle est la méthode de la Bratva.

Je refuse de m'y résoudre. Un lien profond et bestial m'empêche d'envisager de faire du mal à Vera. Tout ce que je veux, c'est la posséder.

Quelqu'un lui a dit que j'avais tué sa famille, ce qui ne pourrait pas être plus éloigné de la vérité. Lorsque mon père a appris la mort d'Ivan Popov et de sa famille à Saint-Pétersbourg, toute la mafia les a pleurés.

On pense que sa bienveillance est à l'origine de sa mort. Au sein de la Bratva, la bienveillance est une faiblesse qui est exploitée. Quelqu'un l'a manipulée pour qu'elle croie à un mensonge, une tentative d'un individu en Russie d'en finir avec moi une bonne fois pour toutes.

Je passe ma langue sur la coupure de ma lèvre, là où Vera m'a mordu. J'ai une envie folle de la tringler. J'étais sur le point de passer à l'acte, de la pénétrer et la revendiquer comme mienne.

Mon désir pour elle est tordu et pervers depuis qu'elle a essayé de me tuer. Ma part d'ombre rêve de la posséder et qu'elle tombe enceinte, pour qu'aucun homme n'ose l'approcher.

Mon raisonnement n'a ni queue ni tête, je ne peux pas faire entrer une femme comme elle dans ma vie. Le danger me suit comme un ombre, ma vie est plus simple sans attaches.

Depuis notre fuite, il y a dix ans, les membres de la mafia nous ont poursuivis, mon père et moi. Ils détestaient le pouvoir acquis ici. Ils détestaient que nous les ayons volés, mais ce n'est pas ce qui s'est passé. Ils ont piégé mon père il y a dix ans, et je me retrouve aujourd'hui accusé d'un meurtre que je n'ai pas pu commettre.

Un coup frappé à la porte me tire de mes pensées. Alexi passe la tête par la porte.

— Monsieur, Lyov veut vous voir.

— Qu'est-ce qu'il veut ? dis-je d'un air mécontent.

Lyov est l'un de nos espions, il supervise nos opérations sur le terrain et me rend compte. Il vient rarement me voir sans un rendez-vous fixé à l'avance.

— Il n'a rien dit, dit-il en haussant les épaules.

Je fronce les sourcils mais j'acquiesce.

— Très bien, fais-le entrer.

Alexi va le chercher, je me demande ce qui est si crucial pour que Lyov soit venu ici sans m'avoir prévenu. Mes doigts tambourinent sur le bois de mon bureau, en attendant.

Lyov entre dans la pièce, l'expression toujours aussi sévère. C'est un homme dur qui n'a pas réussi à s'adapter à la culture américaine, je ne l'ai jamais vu sourire, pas une fois, même avec les collègues de notre mafia.

— Lyov, que me vaut ce plaisir ?

S'il est inquiet de se présenter dans le bureau de son *pakhan* sans rendez-vous, il ne le montre pas, très surprenant vu ce que j'ai fait à Petrov la semaine dernière.

Au cours d'une réunion urgente avec nos marchands d'armes, il m'a interrompu et je l'ai expulsé de la mafia après l'avoir frappé assez brutalement. Lyov est peut-être plus gradé que lui, mais il se montre parfois trop arrogant. En tant que *pakhan*, je dois l'avoir à l'œil.

Il croise les bras sur sa poitrine et me regarde sans sourciller.

— D'après une rumeur, on aurait attenté à votre vie, monsieur.

— C'est un scoop ? dis-je en agitant la main en l'air.

— On pense qu'ils ont conclu un marché avec la vierge que vous avez achetée aux enchères, dit-il en secouant la tête, on ne peut plus sérieux.

Les battements de mon cœur résonnent dans mes oreilles, mais je ne lui montre pas que son affirmation me touche.

— Tu insinues qu'une jeune femme pourrait avoir le dessus ? je demande, en me levant.

Lyov est un bon espion, mais il dépasse souvent les bornes quand il s'adresse à moi. En tant que *pakhan,* il ne devrait pas m'insulter en avançant ce genre d'insinuation.

— Non, monsieur, dit-il en baissant la tête. Je voulais vous mettre au courant de sa formation.

Je m'avance et me poste devant lui.

— Comment l'as-tu appris ?

— J'ai reçu des nouvelles de Russie, dit-il en croisant mon regard.

— Merci, Lyov, dis-je du bout des lèvres. Mes yeux se rétrécissent mais il ne fait pas mine de s'en aller. Autre chose ?

Il détourne le regard et se racle la gorge.

— Oui, il semblerait que la Confrérie de Miami s'intéresse à nouveau à notre territoire. Il se passe la main sur la nuque. Ils se montrent de plus en plus agressifs, et ce n'est qu'une question de temps avant que nous ne soyons obligés d'agir.

Je me dirige vers la commode de mon bureau et me sers un verre de bourbon. La confrérie de la Bratva de Miami outrepasse ses droits depuis six mois. J'aurais dû en parler à Luka lors de la vente aux enchères, mais j'étais trop distrait par ma nouvelle acquisition.

Le whisky chaud à l'arôme boisé me réchauffe la gorge et la poitrine au fur et à mesure qu'il descend.

— Quel genre de représailles proposes-tu ? Je ne me retourne pas pour faire face à mon espion, je reste le dos tourné.

— Un enlèvement pourrait être la démonstration de puissance la plus rapide, dit Lyov.

Ma mâchoire se crispe.

— Très bien, surveille Luka. Si les choses s'aggravent, tu me feras part de ta proposition.

Quelques instants de silence s'égrènent avant qu'il ne réponde,

— Bien monsieur.

Je me retourne pour le voir incliner la tête et quitter la pièce. L'enlèvement est un moyen détestable d'obtenir ce que l'on veut, mais c'est malheureusement très souvent le meilleur moyen de réduire les pertes humaines. Un innocent doit souffrir pour sauver de nombreuses vies.

Je fais craquer ma nuque, la tension me noue les muscles. Lyov croit que je représente une menace pour Vera, une jeune femme qui a tout perdu. Il a peut-être raison. Je risque de perdre quelque chose, mais je sais que ce n'est pas ma vie.

Elle est chamboulée et perdue, et au fond de moi, j'ai envie de l'aider à trouver sa voie. Peut-être pourrions-nous nous perdre ensemble, deux âmes brisées et blessées, se trouvant l'une l'autre. Je secoue la tête, mes pensées confinent à la folie.

Vera a essayé de me tuer. Tout ce à quoi je devrais penser, c'est comment la supprimer. Je quitte ma chaise et arpente mon bureau. Il est hors de question que je reste dans ce bureau exigu et confiné un instant de plus. Je franchis la porte de mon bureau et je monte les escaliers.

Je sais que coller aux basques de Vera est une mauvaise idée. Approcher cette fille à nouveau est une mauvaise idée, mais ne plus jamais lui adresser la parole et la renvoyer me met hors de moi. C'est pire que de penser à ce qui pourrait arriver si elle réussissait sa tentative d'assassinat.

En montant les escaliers vers sa chambre, je réalise à quel point c'est insensé. Je préférerais mourir plutôt que de la voir blessée, maltraitée ou même éloignée de moi. Sa chambre est silencieuse. J'attends devant la porte, le cœur battant. Mon estomac se tord d'angoisse à l'idée de la voir.

Que suis-je censé lui dire ?

J'attrape la poignée de la porte, je la tourne et m'arrête un instant. La porte ouverte dévoile une Vera profondément endormie à même les couvertures. Un étrange vertige m'envahit devant pareil spectacle ; qu'elle ait essayé de me tuer n'a pas émoussé mon désir de possession.

Elle m'appartient peut-être depuis mon acquisition,

mais ce n'est pas ce que je veux. Je veux qu'elle se donne à moi, même si elle me déteste pour le moment.

Un marmonnement provenant du lit me pousse à avancer, je constate qu'elle se réveille. Ses paupières s'ouvrent et elle me fixe, son regard me coupe le souffle. Ces yeux émeraude me transpercent à chaque fois.

— Je voulais voir comment tu allais, dis-je en m'attardant à quelques mètres.

Elle se déplace sur le matelas, recule vers la tête de lit.

— Tu vas me tuer maintenant ?

Je secoue la tête, remonté qu'elle me pose cette question. Rien ne peut me contraindre à lui faire du mal. C'est un ange, mon ange.

— Non.

Je fourre mes mains dans mes poches et vais m'asseoir au bord du lit. Elle contemple les draps, les tord entre ses doigts.

— Je n'ai pas l'intention de te faire du mal.

Elle relève les yeux et me fixe, incrédule.

— J'ai essayé de te tuer.

Elle me voit m'approcher, tendre la main pour toucher son visage. Un muscle se crispe dans sa mâchoire, mais elle ne s'éloigne pas, pas cette fois.

— Quelqu'un t'a manipulée, Printsessa. Vera plante ses dents dans sa lèvre inférieure, cherche la vérité dans mes yeux. Je saisis sa main et la serre. Je te promets de découvrir ce qui est arrivé à ta mère, ton père, ton frère et ta sœur.

Un éclair de douleur brille dans ses yeux avant qu'elle ne le dissimule.

— Pourquoi ? grogne-t-elle en détournant le regard.

— Mon père était un bon ami du tien, Ivan Popov. Il a pleuré sa mort. Je hausse les épaules. Je ne l'ai peut-être pas connu, mais c'était un ami de mon père. Si mon père était encore en vie, il voudrait que je t'aide.

Je me déplace sur le lit et m'approche encore plus près, j'ai envie de la toucher. Le souvenir de la façon dont je l'ai fait se contorsionner et supplier sur ce même lit me donne envie de la baiser.

Elle m'observe sans se dérober. Je laisse ma main glisser derrière sa nuque et l'attrape d'un geste possessif. Ses pupilles se dilatent, ses lèvres s'entrouvrent à mon approche.

J'effleure ses lèvres, la voir respirer à pleins poumons m'amuse, un son à peine audible mais suffisant pour attiser le désir. Je resserre mon emprise sur sa nuque et l'attire fermement à moi, j'approfondis le baiser.

Il y a quelque chose de sauvage et de désespéré dans ce qu'elle me fait ressentir. Ma langue taquine ses lèvres, exige d'y pénétrer. L'espace d'une seconde, il me semble qu'elle refusera d'obéir mais elle obtempère et ma verge entre en érection dans mon pantalon.

Vera gémit dans ma bouche, laisse sa main tomber sur ma cuisse, y enfonce ses doigts et tente de s'éloigner de moi.

— Qu'est-ce qui ne va pas ? je lui demande.

— Tout, dit-elle incrédule. Je ne sais pas quoi croire.

— Crois-moi, Vera.

Sa langue humecte ses lèvres, attire à nouveau mon regard sur elles. Cette fois, elle s'avance et presse ses lèvres douces et pulpeuses contre les miennes dans un baiser innocent. J'ai envie de la posséder là, maintenant, la vierge pas si douce qui a voulu me tuer. Cela n'a peut-être aucun sens, mais la vie n'a jamais de sens.

Il se peut que je voie un peu de moi en elle. Une fille transformée et manipulée pour devenir quelque chose qu'elle n'aurait pas été dans une autre vie.

Si quelqu'un l'a envoyée ici pour me tuer, cela signifie que je ne suis plus en sécurité à New York pour le moment. Lyov l'avait senti. Je compte aller habiter ailleurs, et Vera fait partie du voyage.

10
VERA

Les cordes effleurent la peau douloureuse de mes poignets, je suis tétanisée sur le siège de la voiture. Je ne lui dirai pas à quel point j'ai dû changer mon fusil d'épaule, ni à quel point j'ai peur. Andrei ne doit pas voir qu'il m'a chamboulée en faisant de moi son esclave.

Je le sens tout près de moi, son odeur de pin et de musc m'enveloppe à l'arrière du véhicule qui avance. Le rugissement du moteur est le seul bruit qui nous sépare.

Je sursaute quand une main se pose sur ma cuisse et la serre. La main d'Andrei est plus déroutante qu'autre chose, à la fois douce et dominatrice, des qualités très envoutantes malgré tout.

La cagoule sur ma tête bloque totalement la lumière alors que j'essaie de m'éloigner. Ma panique à l'idée d'être dans l'obscurité totale est incommensurable. Andrei ignore à quel point je déteste l'obscurité, ça me met à cran.

— *Rasslabsia,* murmure-t-il d'une voix douce et rauque. Détends-toi, en russe.

Le ton de sa voix me rappelle ce qu'il m'a fait hier matin. Je n'arrête pas de penser à ce qu'il m'a fait ressentir. Le contact fantôme de ses lèvres sur les miennes, ses dents qui s'enfoncent dans ma lèvre, et la douleur qui ne fait qu'intensifier le plaisir qu'il a fait naître au plus profond de moi.

— Où allons-nous ? je demande, reconnaissant ma voix. La main sur ma cuisse se resserre.

— Tu verras.

Sa voix ténébreuse me crispe. Trois ans d'entraînement à la discipline et au contrôle pour m'assurer que je ne me retrouverais jamais dans cette situation. Je ne suis plus aux commandes.

La promesse d'Andrei se répète sans cesse dans mon esprit, tel un disque rayé en boucle.

Je découvrirai ce qui est arrivé à ta mère, ton père, ton frère et ta sœur. Je te le promets.

La façon dont il m'a embrassée m'a encore plus troublée. Je n'ai jamais ressenti rien de tel. Comment puis-je désirer un homme que j'ai passé tant d'années à détester ?

J'ai l'impression qu'on roule pendant une éternité, l'obscurité facilite l'endormissement et le sommeil. Le véhicule finit par s'arrêter. Andrei se déplace à côté de moi et m'enlève la cagoule. Je constate à ma grande surprise qu'il fait déjà nuit noire dehors.

Il est impossible de savoir où nous sommes, mais d'après le reflet de la lune dans une substance semblable à du verre sur la gauche, je suppose que nous sommes près de l'eau ; mon angoisse déferle comme une vague scélérate.

Andrei compte peut-être me torturer ou me tuer, même si, vu sa façon de se comporter avec moi, je suis certaine que c'est peu probable, mais l'inquiétude demeure.

L'eau est l'une de mes plus grandes phobies depuis le jour où ma famille est morte. Je les ai retrouvés flottant au bord du ruisseau qui traversait notre jardin, l'eau teintée de leur sang d'un rouge profond.

Depuis, je ne me suis plus approchée de l'eau, la peur de la côtoyer à nouveau me paralyse. Andrei sort de la voiture et claque la portière.

Je reste immobile, je contemple l'élément liquide scintillant éclairé par les étoiles et la lune dans le ciel nocturne.

Il vient de mon côté, ouvre la portière et m'attire dans ses bras. Je frissonne tandis qu'il me dévisage.

— Je suis désolé pour les cordes, dit-il en jetant un coup d'œil à mes poignets. Mon *sovietnik* a insisté pour que je prenne des précautions, mais il n'y a plus que nous, désormais. Je les enlèverai quand nous serons à l'intérieur.

Il fait un signe de tête en direction du chalet en rondins construit en pleine forêt, j'étais trop focalisée sur l'eau pour le remarquer.

Son corps chaud et solide reste pressé contre moi tandis qu'il me porte vers la maison, me soulève pour franchir le seuil tandis qu'un de ses hommes nous ouvre la porte. Une fois à l'intérieur, il me pose sur mes pieds.

— Vous avez besoin d’autre chose, monsieur ? demande son garde du corps. Andrei secoue la tête.

— Non, ce sera tout. Merci, Yakov.

Il me coule un regard méfiant, jette un nouveau coup d'œil entre son patron et moi, avant d'incliner la tête et de nous laisser seuls. Je ne comprends pas pourquoi mes cuisses frémissent à cette idée. Je suis seule avec lui.

Il vient vers moi et je recule d'un pas lorsqu'il sort un couteau. Mon rythme cardiaque s'accélère, j'essaie de fuir et je trébuche sur une marche derrière moi.

— Vera, je t'ai dit que je ne te ferai aucun mal. Sa poigne ferme mais douce se pose sur mon bras, il utilise le couteau pour couper les cordes autour de mes poignets. Je veux que tu me fasses confiance.

Je frotte ma peau rougie, brûlée par les cordes, et le regarde.

— Désolée, dis-je en secouant la tête. J'ai du mal à faire confiance. Je contemple le chalet élégant et bien décoré, je sens la chaleur du feu qui ronfle.

— Où sommes-nous ?

Andrei s'avance vers moi.

— Dans mon refuge. Il entoure mes épaules de ses bras et me guide vers le salon, à proximité du feu. Mes hommes s'efforcent de découvrir qui a tué ta famille.

Un pincement douloureux étreint ma poitrine, ma respiration devient difficile.

— Nous ne sommes plus dans la région de New York ?

Ses yeux sombres clignotent et il secoue la tête.

— Assieds-toi.

Je fais ce qu'il me dit et m'enfonce dans le canapé beige moelleux devant la cheminée.

Il s'assoit à mes côtés et pose une main sur ma cuisse.

— Nous resterons ici aussi longtemps que nécessaire, Printsessa.

Il se rapproche et me fixe avec une intensité telle que je sens ma culotte s'humidifier à chaque seconde. Depuis qu'il m'a touchée là, un besoin maladif de lui m'habite.

Mon désir constant est source de honte. Même si je suis certaine qu'il n'a pas assassiné ma famille, c'est un homme que j'ai passé trois ans à haïr. Trois années à comploter son meurtre, crénom !

— Je veux toujours que tu sois mon esclave, Vera, dit-il, la voix empreinte d'un désir brûlant.

Je lèche ma lèvre inférieure, je veux m'offrir à lui malgré tout. Il m'attrape le menton et incline mon visage vers lui.

— Tu es tellement belle !

Il approche ses lèvres des miennes et je ferme les yeux quand il m'embrasse, ça rend d'une certaine façon les choses plus supportables. Je suis partagée, je le désire énormément mais je suis également formatée pour croire qu'il est l'ennemi incarné. J'ai l'impression d'être déchirée.

Il sent ma réticence et recule.

— Qu'est-ce qui ne va pas ?

— Je l'ignore... je n'arrive pas à croire que je me sois trompée sur toute la ligne.

Il acquiesce et se lève, s'éloigne du canapé pour rejoindre la cuisine.

— Je vais préparer à dîner, nous parlerons ensuite.

Je cligne deux fois des yeux, je le regarde prendre une casserole dans le placard. S'il y a bien une chose que je ne m'attendais pas à voir Andrei Petrov faire, c'est cuisiner pour moi.

Il ouvre la porte du réfrigérateur et en sort les ingrédients.

— Tu aimes les *blinis* ?

Je me lève et me dirige vers lui, je me demande comment cet homme peut être celui à propos duquel j'ai entendu toutes ces histoires horribles.

— Oui, j'adore ça.

Je n'ai pas précisé que mon père nous en préparait quand nous étions enfants. L'idée qu'Andrei les cuisine pour moi maintenant me noue l'estomac.

— J'ai de la viande hachée ou du fromage pour la garniture. Qu'est-ce que tu préfères ?

Je mordille ma lèvre inférieure.

— Viande hachée saupoudrée de fromage, dis-je en me rappelant combien je les aimais quand mon père les préparait de cette façon.

Il me sourit.

— Exactement comme je les aime.

Je le regarde se mettre au travail, le voir cuisiner pour moi est apaisant. Cela signifie aussi qu'il ne peut pas me toucher, puisqu'il est trop occupé. J'ai peur de ce que je pourrais faire seule avec lui.

Notre repas terminé, je me lève et débarrasse les assiettes. La chaise d'Andrei racle le sol, m'avertissant qu'il me suit. Je mets la vaisselle dans l'évier et ouvre l'eau, j'attends qu'elle devienne chaude.

Impossible d'ignorer sa présence derrière moi, l'atmosphère est saturée de désir. L'odeur masculine du pin envahit mes sens, je manque défaillir.

— Vera, il dit mon prénom si doucement que mes poils se dressent sur ma nuque. Ses bras m'entourent par derrière, son poids solide mais chaud me plaque contre le comptoir.

Sa verge épaisse et palpitante appuie sur mes fesses. J'attrape le produit vaisselle mais il m'en empêche, déplace mes mains vers les robinets et me force à les fermer.

— La vaisselle attendra, murmure-t-il à mon oreille.

Je frissonne d'impatience. Il ne fait aucun doute que je risque de coucher avec cet homme. Andrei est un homme que j'ai détesté pendant très longtemps, même si je ne l'ai jamais rencontré.

Il déplace mes cheveux sur le côté et embrasse doucement mon épaule et mon cou. Je gémis lorsque ses mains caressent mes cuisses, passent sous ma robe. Ses doigts se rapprochent de plus en plus de ma chatte humide. Il caresse mon clitoris à travers ma culotte en dentelle.

— Tu es toute mouillée, Printsessa.

Je me cambre tandis que ses doigts plongent en moi. Les sensations qu'il me procure m'inondent d'émotions et de sentiments contradictoires.

— Oh oui, dis-je, cédant enfin à cette attirance perverse.

— C'est ça, Vera, gémit-il en écrasant sa bite contre mon cul. Seuls ses vêtements nous séparent. Soumets-toi, grogne-t-il en me mordillant l'oreille et en envoyant une douleur électrisante dans tout mon corps.

Je suis perdue. La femme que j'étais quand Andrei m'a achetée a disparu. Je ne sais plus qui je suis. Je ne sais plus ce que je veux.

Comment tout ce à quoi j'ai cru peut-il s'effondrer aussi rapidement ?

Il plante le bout de ses doigts dans mes hanches et me fait rapidement tourner, je sursaute. Nos yeux se croisent, la faim qui y brûle m'arrache un gémissement.

— Tu veux toujours être mon esclave, Vera ?

Je hoche la tête, incapable de trouver mes mots. Il est impossible de résister à cet homme. Sa domination fait appel à une partie de moi que je pensais avoir enfouie il y a trois ans, une partie de moi qui a envie de vivre et de céder à mes pulsions et à mes envies. Quand ma famille a été assassinée, j'ai renoncé à vivre.

— Réponds-moi, dit-il, les yeux brillants.

— Oui, je veux être votre esclave, monsieur, dis-je d'une voix si calme et si empreinte de désir que je la reconnais à peine.

Ses lèvres s'empressent de descendre sur les miennes et il me soulève dans ses bras. Je passe les miens autour de son cou, il m'emmène hors de la salle de séjour, ouvre d'un coup de pied la porte d'une grande chambre à coucher cossue.

Je déglutis difficilement lorsqu'il m'installe au centre du lit, remarque les entraves déjà installées à chaque coin.

Combien de femmes ont été ses esclaves dans ce lit ?

Pour une raison qui me dépasse, un sentiment étrange

de jalousie monte, à force de le contempler. Andrei ne m'a même pas encore baisée, et je ne supporte pas l'idée qu'il puisse toucher une autre femme.

Je le regarde se débarrasser de sa veste de costume, qu'il jette de côté. Il déboutonne ensuite sa chemise et révèle ses muscles parfaitement dessinés, j'en ai l'eau à la bouche. Andrei est la perfection masculine à l'état pur.

— Déshabille-toi, dit-il tandis que ses doigts s'approchent de sa ceinture. Je m'efforce de dégrafer ma robe sur le côté, de l'enlever et révéler mes seins.

Il gémit et empoigne son sexe érection dans son boxer. Le voir bander me fait gémir. J'ai besoin de sentir cet homme en moi. C'est peut-être ridicule, c'est peut-être fou, mais c'est tout ce dont j'ai besoin.

— Prends-moi, dis-je en mettant mes doigts entre mes cuisses.

— Enlève-la.

Mon doigt glisse dans le haut de ma culotte et je la baisse, je me retrouve nue devant lui.

— Parfaite, dit-il.

Je lèche mes lèvres tandis qu'il attrape l'élastique de son boxer et le descend sur ses hanches musclées. Le revoir nu m'excite encore plus. La dernière fois, j'étais partagée, mais cette fois-ci, j'ai envie de lui. Je le regarde baisser son caleçon, sa bite se libère et claque contre ses abdominaux.

Il est presque impossible d'évaluer sa taille. Bizarrement, il semble plus membré que la première fois que je l'ai vu, un liquide nacré perle de son gland turgescent.

Il se dirige vers un côté du lit.

— Allonge-toi, la tête sur le côté.

Je fais ce qu'il me dit, impatiente de lui faire plaisir. L'extrémité de son sexe n'est qu'à quelques centimètres de mes lèvres. Je sais ce qu'il attend de moi et ma chatte me fait mal à l'idée de le sucer. Imaginer une partie de lui en moi m'excite immensément.

— Ouvre grand, *Krasivaya*.

J'ouvre la bouche et j'accueille son gland chaud et palpitant à l'intérieur. Il gémit au moment où ma langue l'effleure, goûte le liquide salé qui coule du bout.

— Détends ta gorge et respire par le nez. Si tu as besoin que j'arrête, attrape ma main, me dit-il.

J'obtempère, sa verge chaude et épaisse glisse dans ma gorge, centimètre par centimètre. Il m'est impossible de respirer autrement que par le nez. Son membre tout en longueur appuie contre le fond de ma gorge, y déverse son sperme salé. Je panique, je m'étouffe et j'étale ma salive sur mon visage et sur sa bite. Il se retire.

— *Rasslabsia*, respire par le nez.

Je hoche la tête et il se glisse à l'intérieur. La chaleur addictive de son sexe me rend plus humide que jamais, il baise ma gorge avec douceur. Je m'efforce de respirer par le nez et d'avoir moins de haut-le-cœur. Le faire entrer tout entier dans ma gorge est mission impossible.

Je ronronne autour de sa bite, je le laisse prendre le contrôle total. L'absence de contrôle est libératrice lorsqu'il tripote mes seins de ses mains rugueuses, m'utilise à sa guise. La salive coule sur sa verge et sur mon visage, les larmes me montent aux yeux.

— Oh oui Vera, gémit-il en accélérant le rythme.

De nouvelles gouttes de son fluide salé dégoulinent dans ma gorge, ce goût me rend folle, son goût. Soudain, un besoin impérieux d'avaler chaque goutte de son sperme se fait jour.

Il continue de baiser ma gorge tout en prenant mes seins dans ses mains. Mes mamelons durs me font mal à son contact. À mon grand déplaisir, il se retire de ma gorge, haletant.

— Qu'est-ce que tu fabriques ?

Il secoue la tête et m'attrape par les cheveux, me force à me redresser.

— C'est moi qui commande, Vera. Pas de questions.

Il agrippe mes hanches, me retourne et me force à me mettre à quatre pattes, comme un animal, il se régale de ma chatte avec un besoin pressant. En quelques secondes, je halète et je peine à reprendre mon souffle, le désir torride et ardent monte à la vitesse grand V.

Sa main s'abat durement sur ma fesse gauche à trois reprises avant de passer à la fesse droite et m'administrer trois claques. Je jouis en recevant la dernière claque érotique, incapable de tenir plus longtemps.

Mon corps entier tremble sous la force d'un orgasme qui m'étourdit et me coupe le souffle. Je ne vois plus rien, il continue à me lécher et à me sucer, à pétrir la peau endolorie de mes fesses.

J'essaie de me dégager de sa poigne dure et ferme, l'envie de contrôler la situation m'empêche de rester immobile.

— Ne lutte pas, Vera. Il me donne une nouvelle tape

sur les fesses, assez fort pour que ça brûle. Laisse-moi te dominer.

Me dominer.

Je sens tous les muscles de mon corps trembler à ce mot. Toute ma vie, j'ai eu le contrôle. Andrei veut que je me soumette à ce contrôle, ça m'excite et m'effraie à la fois.

— Tu te sentiras super bien si tu me laisses te dominer, gémit-il contre ma vulve mouillée, en me léchant. Cède, Vera, ordonne-t-il d'une voix rauque et grave.

Il brise mon dernier rempart et je le laisse me dominer, la sensation est libératrice et excitante quand j'arrête de me débattre. Sa langue retourne au centre de mon sexe, avant d'y plonger.

Je gémis, mes doigts agrippent les draps hors de prix. Andrei lèche mon clitoris avant de plonger ses doigts en moi. Cette invasion soudaine déclenche une vague de désir torride.

Je viens d'avoir un orgasme, mais déjà un autre se profile. Il lit mon corps comme à livre ouvert.

— Andrei, je murmure son prénom en essayant de tenir.

— Jouis pour moi, *Krasivaya*. Il me donne trois tapes sur chaque fesse.

Je hurle lorsqu'il m'envoie au bord du gouffre, mon corps convulse. Pendant un moment, je n'entends plus rien et je ne vois plus rien, comme si mon cerveau avait court-circuité.

Je suis peut-être morte d'une overdose de plaisir. Quand je reprends mes esprits, je suis allongée sur le dos,

Andrei me surplombe et mes mains sont attachées étroitement.

Sa bite repose contre ma vulve humide et dégoulinante, il me regarde d'un air affamé. Je sais ce qui va se passer : l'homme que j'ai pour mission de tuer est sur le point de prendre ma virginité.

11

ANDREI

Vera me fixe, les joues rouges et les pupilles dilatées, ses yeux d'une nuance vert émeraude stupéfiante. J'ai très envie de la sauter mais je dois la faire jouir au moins une fois de plus. Elle est vierge : plus je la ferai jouir, meilleur ce sera pour elle.

J'abaisse ma bouche jusqu'à son vagin, respire sur son clitoris sensible. Elle gémit et tire sur les liens. Ses yeux sont sauvages et possédés. Depuis que je l'ai vue, je veux me l'approprier, dominer son corps de toutes les manières possibles et m'assurer qu'elle ne trouve jamais un homme qui puisse lui faire ressentir ce que je lui fais ressentir.

Je lèche un chemin à travers ses lèvres humides et luisantes.

Elle enfonce ses doigts dans les draps, essaie de trouver quelque chose à quoi s'accrocher.

Ma langue taquine son trou du cul parfait, elle pousse un cri de surprise. La tension qui la traverse se relâche au moment où je la sonde à nouveau.

— Putain, murmure-t-elle, les yeux écarquillés.

— Tu aimes ça, Printsessa ? Je la lèche à nouveau, laisse ma langue s'enfoncer plus profondément dans son trou interdit. Tu aimes que je lèche ton trou du cul ?

— Oui, monsieur, dit-elle avec un hochement de tête.

— Bonne fille, je gémis contre elle, abandonne cet endroit interdit pour retourner lécher sa mouille au goût de miel.

Elle se déhanche, essaie de reprendre le contrôle. Elle ignore qu'elle n'exerce aucun contrôle sur moi. Je l'obligerai à se soumettre, elle sera à moi.

Je fais glisser le bout de ma langue sur ses lèvres, jusqu'à ce bourgeon sensible. Elle émet le son le plus délicieux qui soit lorsque je fais tourner le bout de ma langue autour de son clitoris. Quelle douce musique à mes oreilles. Elle est toute mouillée.

Ma bite est douloureuse et dure entre mes cuisses. Quand j'ai baisé la gorge de Vera, il m'a fallu tout mon self-control pour ne pas éjaculer. Je dois me contrôler constamment, même si Vera me fait vaciller au point de me faire perdre la tête.

Elle est magnifique, parfaite, tout ce que j'ai toujours voulu chez une esclave. Bien qu'elle soit novice en la matière, c'est sa vocation, c'est inscrit dans son ADN. Je laisse mes dents s'enfoncer dans son clitoris.

— Andrei, oh oui, crie-t-elle en se tortillant sous moi.

Je plonge trois doigts dans son corps jusqu'à la jointure, je sens le battement de ses muscles. Elle est sur le point de jouir. Je n'ai jamais été avec une femme que j'ai pu amener à l'orgasme aussi rapidement de toute ma vie. Une vraie vierge, l'innocence même.

Je me masturbe vigoureusement, le besoin désespéré d'être en elle grandit et s'intensifie au plus profond de mon être. Je ne comprends pas les raisons de mon manque total de contrôle. En temps normal, je suis capable de me retenir bien plus longtemps.

J'enfonce mes dents dans sa cuisse, suffisamment pour laisser une marque. Elle pousse un cri, puis je suce son clitoris, ce qui la fait basculer.

Son corps convulse et palpite de plaisir, un flot de nectar sucré s'écoule et je me déplace pour en laper la moindre goutte. Je la lèche pendant des heures, m'assurant de ne pas en gaspiller.

Une fois qu'elle est revenue sur terre, je m'agenouille entre ses jambes et je frotte l'extrémité de ma bite douloureuse entre ses lèvres.

Elle me regarde d'un air hébété, ses lèvres sont écartées et ses joues rouges. Je gémis en voyant ses mamelons durs dressés vers moi et j'abaisse ma bouche jusqu'à eux, les suce à tour de rôle un court instant.

Les bruits qu'elle fait sont un pur bonheur. Ma bite dégouline sur sa chatte, je la souille de mon sperme. Je veux imprimer ma marque, l'engrosser, c'est étrangement pervers.

— Je te ferai mienne, Vera, je souffle contre ses lèvres avant de l'embrasser fougueusement.

Ma langue se mêle à la sienne et je la suce. Je m'assois sur mes chevilles et j'attrape ma bite, je frotte la tête dilatée et palpitante entre ses lèvres. Elle crie tandis que je frotte ma bite contre son vagin, je la fais cogner sur son clitoris à chaque coup de rein.

— Andrei, gémit-elle, ça me rend fou d'une passion sauvage.

J'attrape sa gorge et je force ses yeux à se tourner vers les miens. Elle avale bruyamment et je peux sentir le mouvement sous mes doigts.

Nous en avons tous les deux envie et besoin. J'ai l'impression que je ne serai plus jamais bien tant que je ne serai pas à l'intérieur de Vera. J'utilise ma main libre pour guider le bout de mon braquemart jusque devant son entrée et je pousse doucement. Elle est tellement mouillée et détendue que ma bite glisse facilement à l'intérieur.

Un cri se transforme en gémissement lorsque je glisse, centimètre par centimètre, aussi profondément que possible. Je gémis devant l'étroitesse de la chatte de Vera, qui enserre ma verge à la perfection.

— Tebe eto nravitsya ? J'enroule ma main autour de sa gorge, je lui demande si elle aime ça en russe.

— Oui, monsieur, gémit-elle, elle comprend mon russe sans problème, après tout, elle vient de Saint-Pétersbourg.

Je grogne en glissant le dernier centimètre à l'intérieur, j'aime la sensation que me procure d'être enfoui jusqu'aux couilles, ses lèvres s'écartent et elle me regarde.

— A moi, je grogne, je capture ces lèvres pleines avec les miennes et j'enfonce ma langue dans sa bouche.

Mon corps a envie d'être connecté à elle le plus complètement possible. Je recule mon bassin avant de la pénétrer à nouveau, avec force et rapidité, le besoin de dominer son corps m'envahit.

— Bistreye, crie-t-elle.

Je grogne et la baise plus vite, comme elle me l'a demandé en russe, même si j'ai déjà envie d'éjaculer tout au fond de sa chatte serrée. C'est la première fois que je l'entends parler russe, c'est très sexy.

Ma bite coule en elle tandis que je serre les dents et la baise plus fort et plus vite. Le claquement de la peau contre la peau résonne dans la chambre du chalet. Je retire ma bite de sa chatte et je me penche pour défaire les liens de ses poignets.

Je la soulève, la force à se mettre à genoux. Je frappe ses fesses parfaites et fermes.

Elle se déhanche, essaie de faire pénétrer ma bite en elle, tandis que j'en frotte le bout.

— Tu es la perfection, je gémis en introduisant à nouveau ma bite en elle. Je lui donne des claques sur les fesses tout en la pilonnant.

Ses bruits sont l'extase absolue. C'est ce que je voulais dès que je l'ai vue : la posséder et la faire *mienne,* la faire se sentir bien. Cette superbe vierge était intacte jusqu'à ce que je mette la main sur elle.

Mes couilles me font mal alors que je continue à la baiser ardemment et rapidement, j'éjacule des flots de sperme. Le besoin de la mettre enceinte me rend fou. La seule autre fois où j'ai couché avec une de mes vierges, je me suis assuré qu'elle prenne la pilule avant de la baiser.

Les vierges ne prennent aucun moyen de contraception pendant leur formation. Vera n'est pas protégée, mais d'une certaine manière, cela rend l'acte encore plus excitant. Son cul est rouge des marques que je lui ai faites, ma *signature*. Je gronde en essayant de garder le contrôle, elle doit jouir sur ma queue.

J'ai besoin de sentir sa chatte palpiter sur mon sexe alors que je la fais jouir pour la quatrième fois de la soirée.

— Plus fort, gémit-elle, mes couilles se contractent.

— Oh oui bébé, je serre les dents et je la baise à couilles rabattues.

Elle aime la brutalité, c'est hyper torride. J'attrape sa gorge par derrière, l'étouffe pendant que ma verge effectue des va et vient dans sa chatte étroite.

— Tu es super serrée.

Sa chatte se contracte autour de moi et s'inonde de son nectar de miel, j'en ai l'eau à la bouche.

— Andrei, crie-t-elle alors que son orgasme déferle. Son corps convulse tandis que je maintiens fermement ma main autour de sa gorge. Je me penche en avant et lui suce le lobe de l'oreille, je la frappe encore deux fois avant d'exploser.

Je rugis alors que mes couilles se vident au maximum. Je ne m'arrêterai pas tant que je ne serai pas certain que chaque goutte de mon sperme y soit logée le plus profondément possible.

Elle est toute molle, je déplace mes bras jusqu'à sa taille pour la soulever alors que je suis toujours en elle. Assis sur le lit, je la tiens dans mes bras, ma bite encore en érection tout au fond. Peu importe le désordre. Ce moment est parfait, je l'embrasse doucement et langoureusement, je fais durer ce moment le plus longtemps possible.

C'est officiel. Vera m'appartient.

* * *

Vera se trouve au bord du lac, son châle épais enveloppé autour de ses épaules. La vue est magnifique. Une femme éblouissante contemple une nature éblouissante. Si j'avais un appareil photo, je prendrais une photo pour me souvenir de ce moment éternellement.

J'ouvre la porte du chalet et je la rejoins, maudissant mes semelles qui claquent sur la terrasse en bois. Elle me jette un coup d'œil et je vois qu'elle a pleuré.

Le terrible assassin venu me tuer ouvre son cœur.

— Bonjour, Printsessa, dis-je en me déplaçant pour me mettre à ses côtés.

— Bonjour. Elle reporte son attention sur l'eau, les yeux gonflés et rouges.

— Ça va ?

Elle se serre encore plus fort dans ses bras et secoue la tête.

— Je n'ai pas été près de l'eau depuis...

Je m'approche d'elle et pose une main sur son épaule, la force à me regarder.

— Depuis leur mort ?

Elle acquiesce, détourne mon regard et contemple l'eau.

— Oui.

Je l'observe avec fascination, me demandant comment une si belle créature a été créée. Mon bras s'enroule autour de sa taille et je la rapproche. Elle se laisse prendre dans mes bras et son geste fait toute la différence.

Vera pose sa main sur sa poitrine et se penche vers

moi. Après l'avoir dépucelée hier soir, je sais à quel point son geste est important. La femme qui a essayé de me tuer a ravi mon cœur, un désert aride et stérile qui n'a laissé entrer personne depuis la mort de mon père.

Nous nous sommes rapprochés à un niveau que je n'avais jamais connu auparavant. C'était beau et naturel, comme si nous étions faits l'un pour l'autre.

Le bruit d'un coup de feu nous fait sursauter tous les deux, et mon premier réflexe est de pousser Vera derrière moi, la protéger de mon corps. Un autre coup de feu retentit, et cette fois, le sang gicle sur la terrasse du chalet en rondins. L'adrénaline m'empêche de ressentir la douleur. Je jette un coup d'œil vers le bas et constate que du sang coule de mon épaule.

— Vite, à l'intérieur, je crie en l'attrapant et en la poussant vers le chalet.

Elle se rue à l'intérieur et se tourne vers moi une la porte fermée et verrouillée.

— Tu es touché, dit-elle en se précipitant vers moi.

— C'est une blessure superficielle, ne t'inquiète pas. Je fais un signe de tête vers les canapés. Planque-toi derrière. Elle me jette un regard réticent. C'est un ordre. Elle se précipite et s'accroupit derrière les canapés.

Je plisse les yeux et scrute l'avant de la maison par la baie vitrée blindée. Celui qui m'a tiré dessus reste caché. Je me baisse lorsqu'une balle heurte la vitre, la fissure.

Nous sommes attaqués et je n'ai que quelques hommes à proximité. S'ils sont parvenus jusqu'au chalet, c'est qu'ils sont passés au travers. Je baisse la tête et me cache derrière le canapé, rejoignant Vera.

— On est encerclés.

— Qu'est-ce qu'on va faire ? demande-t-elle les yeux écarquillés.

Je l'embrasse, sachant que tout peut basculer.

— Je veux que tu restes à terre et cachée, quoi qu'il arrive. Tu comprends ?

Ses yeux luisent de défi et elle me regarde fixement.

— Non, je ne resterai pas les bras ballants pendant que tu ripostes.

Je l'attrape fermement par les épaules.

— Vera, fais ce que je te dis. Je ne veux pas que tu sois blessée.

Son regard s'adoucit et elle hoche la tête. Je ne suis pas convaincu qu'elle restera cachée, mais c'est tout ce que je peux faire pour l'instant.

Je me lève de notre cachette, je sors mon arme de ma ceinture et je visse mon silencieux. Le chalet a trop de fenêtres, mais elles sont blindées.

Je garde mon épaule appuyée contre une colonne et m'en sers pour me couvrir pendant que je scrute le terrain. Un éclair de mouvement à l'avant attire mon attention. Deux hommes vêtus de noir, armés de fusils automatiques, se dirigent vers la porte d'entrée.

Où est Yakov, bordel ?

Au fond de moi, je sais que s'ils ont franchi nos défenses, il n'est plus en vie. Je ne comprends pas comment on a pu me trouver ici. Seule une poignée de mes hommes de confiance connaît cet endroit.

Un des gars est à la porte d'entrée et j'attends, prêt à l'abattre dès qu'il fera le moindre pas. Ils ne peuvent pas voir de là où je suis. Qui que soient ces salopards, ils ont vraiment du cran pour essayer de me tuer sous mon propre toit.

La porte s'ouvre avec un déclic et le premier type entre. Je lui loge une balle dans la tête, le sang gicle sur le mur derrière lui. Le suivant se baisse hors de ma vue, ce qui m'empêche de le toucher.

Un mouvement à l'extérieur attire mon attention : une camionnette arrive et s'arrête.

Putain.

Au moins six hommes sautent de l'arrière et se précipitent vers la porte d'entrée. Je me concentre sur la porte, prêt à abattre le plus grand nombre possible de ces salauds. Vera est en danger. Je dois la protéger coûte que coûte.

Le premier type passe la porte, et j'attends que d'autres se manifestent. Trois se matérialisent près de la porte. Je tire et je les abats tous les trois.

Je tire une balle dans le cou, une autre dans la tête, et la dernière dans la poitrine, mais ça ne le tue pas. Il porte un gilet pare-balles.

— Où est-il, putain ? demande un autre homme en restant hors de vue.

Je sursaute presque quand deux mains se posent sur mes bras.

— Un gars est juste là, murmure-t-elle à mon oreille, en faisant un signe de tête vers l'autre côté du canapé, où je peux voir deux pieds.

Merde.

Il n'y a pas d'issue facile. Je la pousse derrière moi, la

bloque entre moi et le pilier. Je tire un coup de feu et j'atteins son pied, ce qui le fait glapir. Il se déplace dans le mauvais sens, et je lui tire dessus, manque sa tête d'un millimètre. C'est à ce moment-là que je sais que je suis foutu.

Je ne pense plus qu'à Vera. Je la pousse au sol au moment où le coup de feu retentit. J'ai l'impression que le temps s'arrête alors que la balle vole vers moi et me frappe à la poitrine. Un cri strident retentit et je sais que c'est Vera. Puis, une rafale de coups de feu remplit l'air, ainsi que ce qui semble être les cris d'Alexi.

Je m'écroule au sol et mes paupières se ferment. Malgré ma volonté de tenir, je me sens glisser. Tout ce que je vois, c'est le visage de Vera qui me regarde, auréolé d'un anneau de lumière, comme un halo autour de sa tête. C'est un ange magnifique qui veille sur moi, et je ne l'ai pas protégée. Tout ce que je peux espérer, c'est qu'Alexi soit là pour la sauver.

12
VERA

Je me fige sous le coup de la panique lorsqu'Andrei s'effondre au sol. Son sang teinte le carrelage d'un rouge sombre. Avant que je puisse me précipiter vers lui, l'homme qui lui a tiré dessus m'attrape par la taille et me soulève du sol.

Une rafale de coups de feu retentit et je jette un coup d'œil par la fenêtre, j'aperçois trois hommes que je reconnais de la propriété d'Andrei. J'essaie de me débattre en donnant des coups de pied et en hurlant.

— Qui êtes-vous, putain ?

Je veux absolument qu'on me libère pour retourner auprès d'Andrei.

Il ne répond pas, il parle russe à l'un des autres hommes. Ils disent qu'ils ont obtenu ce qu'ils voulaient et que leur patron sera content. Je me demande si Igor est derrière tout ça. Il m'a dit qu'il s'occuperait d'Andrei dans la semaine si je n'avais pas accompli ma mission. Cela fait une semaine.

Ce serait la seule raison pour laquelle ils m'enlèveraient.

Andrei est mort ?

L'engourdissement se répand dans ma chair comme une maladie. Andrei ne peut pas être mort, ça me tuerait s'il l'était. L'homme qui me tient se précipite hors du chalet et me fourre à l'arrière d'un SUV aux vitres teintées.

Le véhicule s'éloigne à toute vitesse du chalet et d'Andrei. J'espère que ses hommes arriveront à temps pour lui sauver la vie. Je refuse d'envisager une autre issue. Je reste assis à l'arrière du véhicule pendant ce qui me semble être des heures.

J'ai essayé à plusieurs reprises de crier aux hommes à l'avant et d'exiger de savoir où nous allions, mais en vain. Je ne pense qu'à Andrei.

Il pourrait être mort. La boule dans ma gorge me fait trop mal, et ma poitrine me fait souffrir. Le 4x4 s'arrête dans une zone industrielle à la périphérie de la ville.

Un homme ouvre la porte de la voiture et me tire à l'extérieur. Je grogne et tente de me débattre mais il est trop fort. Il me ramasse et m'entraîne dans l'entrepôt. Il prend à gauche et me fait entrer de force dans un bureau quasiment vide et sombre.

Il me force à m'assoir sur une chaise en plastique dur devant un bureau en bois pourri.

— Attends ici, aboie l'homme qui m'a fait entrer ici, en sortant de la pièce et en claquant la porte derrière lui.

Je jette un coup d'œil dans la pièce, essayant d'en savoir plus sur celui qui me détient. J'ai ma petite idée de qui se cache mon enlèvement, mais Andrei a beaucoup d'ennemis.

Andrei.

J'ai envie de vomir quand je me souviens de lui gisant dans une mare de sang. Ils lui ont tiré une balle dans l'épaule et dans la poitrine. Peu de temps a suffi pour qu'il compte à mes yeux. Le premier homme avec qui j'ai couché ou dont je me suis approchée au point de me soucier de lui.

Andrei est-il mort ?

Le bruit de la porte qui s'ouvre attire mon attention. Comme prévu, mon oncle Igor se tient dans l'embrasure de la porte. Son regard me fait frissonner. Il est furieux que je n'aie pas tué Andrei.

— Bonjour, Vera, dit-il en allant s'asseoir derrière son bureau. Ses doigts tambourinent sur le bureau et il me lance un regard noir. J'aimerais te féliciter pour ta réussite, mais il semble que tu aies oublié pourquoi Andrei t'a achetée.

— Je n'ai pas oublié.

— Alors pourquoi mes hommes t'ont vu blottie contre lui quand ils sont arrivés ce matin ?

— C'est ce qu'on appelle jouer la comédie, dis-je en serrant les dents. Si mon oncle apprend que je l'ai trahi, il me tuera. Je devais lui faire payer leur mort. Le tuer ne suffit pas.

Il tique et tambourine des doigts sur le bureau.

— Je t'ai dit de te débarrasser de lui rapidement.

Je laisse mes yeux se poser sur le bureau et j'essaie de jouer mon rôle.

— Je sais, mon oncle. C'est difficile d'accepter qu'un meurtre rapide soit suffisant vu la souffrance qu'il m'a infligée.

Il hoche la tête. — Je comprends. Il semble attaché à toi, ça pourrait jouer en notre faveur. Mon homme a échoué autant que toi, et je l'ai puni en conséquence.

Je ne lève pas les yeux, je reste immobile. Andrei est vivant. Mon soulagement est gigantesque. Les palpitations de mon ventre s'embrasent, et la chaleur dégèle l'engourdissement qui m'avait infligé.

— Que veux-tu que je fasse ?

Il s'éclaircit la gorge.

— Je suppose que tu avais un plan pour le séduire ?

Je hoche la tête, croise son regard.

— Oui, monsieur. J'avais l'intention de lui faire croire que je tenais à lui avant de le tuer. La mort serait bien plus douloureuse de cette façon.

Mon oncle sourit.

— Tu es allée à bonne école.

Je lui retourne son sourire malgré la nausée qui me tord le ventre. Rends-moi Andrei, et je ferai payer l'homme qui a tué mes parents. Il est clair que pendant tout ce temps, j'ai été aveugle. Andrei n'a pas tué mes parents. C'est Igor qui les a tués.

Il les a tués quand je n'étais pas là, car j'étais la plus facile à manipuler, la plus jeune, la plus sensible, celle prête à tout pour venger sa famille. Mon frère et ma sœur ne seraient jamais tombés dans le panneau.

Comment ai-je pu être aussi aveugle ?

Maintenant que j'y pense, c'est tout à fait logique. Igor

est la seule personne ayant retiré un bénéfice de la mort de ma famille. Il est devenu le *pakhan* de la mafia de Saint-Pétersbourg. Tout le pouvoir et l'argent lui sont revenus.

Pourquoi Andrei voudrait-il tuer ma famille ?

Il n'aurait rien gagné. Pendant tout ce temps, j'ai cru tout ce que mon oncle disait, mais plus maintenant. Je ne le laisserai pas m'utiliser. Je ne me reposerai pas tant qu'il n'aura pas souffert.

— Comment ça se passe à la maison ? je demande d'un ton badin. Mes cousines Anna et Tiana vont bien ? je m'enquis en parlant de ses filles.

Ses yeux s'illuminent à l'évocation de ses filles.

— Tout va bien à la maison, répond-il du tac au tac. Tes cousines ont hâte de te retrouver quand tu auras accompli ta mission.

Son œil gauche palpite et je sais qu'il ne dit pas la vérité au sujet de mes cousines. Je ne serais pas surprise que quelqu'un leur ait fait du mal ou qu'elles soient mortes.

Il ne s'est jamais occupé d'eux comme un père, contrairement à mon père. Mon père était plus paternel envers les filles d'Igor que leur vrai père.

— Nous avons l'intention de te ramener chez les Petrov demain matin, dit-il en se levant de sa chaise. À ton retour, tu leur diras que tu t'es échappée et que tu as réussi à revenir en ville.

Je hoche la tête.

— Oui, mon oncle.

Il me met un appareil dans la main.

— Nous écouterons chaque mot, Vera, alors ne fous

pas tout en l'air.

— Je ne te laisserai pas tomber, mon oncle.

Il est important de s'assurer qu'il ne sache pas que mon allégeance a changé. S'il s'en aperçoit, il me tuera, et Andrei aussi.

— Je dois t'équiper de meilleures armes. Suis-moi.

Il sort de la pièce et je le suis.

Si je n'étais pas en infériorité numérique, je l'étranglerais sur-le-champ. Naïve est la seule façon de décrire ce que j'étais lorsqu'il m'a convaincu qu'Andrei Petrov les avait tués.

Un homme qui peut avoir une personnalité impitoyable et qui n'hésite pas à faire ce qui est nécessaire, mais qui, au fond, a un cœur d'or. Une partie de lui qu'il m'a montrée malgré mes tentatives d'assassinat.

Je veux à tout prix le retrouver et m'assurer qu'il va bien. Il n'est peut-être pas mort, mais on lui a tiré dessus à deux reprises. J'étais certaine qu'il était mort quand j'ai vu la balle le toucher à la poitrine avant que les hommes d'Igor ne m'en éloignent. Si les hommes d'Andrei n'étaient pas arrivés à temps, il serait mort.

* * *

Les hommes d'Igor m'ont déposé près de la maison d'Andrei. Je ne reconnais rien, mais ils sont sûrs qu'Andrei et ses hommes me trouveront.

Ils m'ont laissé dans un petit parc agréable. Au lieu d'avancer, je m'assois au milieu du parc. Des enfants jouent sur les balançoires à proximité.

Mon oncle était certain qu'ils me trouveraient puisqu'ils m'avaient cherché aujourd'hui. J'ai l'impression d'être sur le fil du rasoir, de ne pas savoir quoi faire. Si je commets une erreur, c'est moi qui sauterai. Je dois jouer le jeu.

Andrei est celui qui dit la vérité dans cette situation. Il est gentil et attentionné, rien à voir avec l'homme que mon oncle a décrit. C'était une ruse pour me faire croire qu'il était le tueur.

Igor savait que si je découvrais qu'il les avait tués, je n'aurais de cesse de le tuer.

Deux grosses mains se posent sur mes épaules et on me hisse sur mes pieds. Je me dégage de l'emprise de l'homme et pivote vers lui pour le dévisager. Ses cheveux poivre et sel bruns sont en bataille, il a des tatouages sur le cou et les bras, je l'ai déjà vu chez Andrei.

— Vera, suis-moi, s'il te plaît, dit-il en plissant les yeux.

— Qui êtes-vous ? je lui demande.

Il s'avance.

— Demetri, un des hommes d'Andrei.

Je l'observe un moment, ne sachant pas si je dois lui faire confiance ou non.

— Vous allez me ramener à lui ?

— Oui, il nous a demandé de te retrouver. Il referme sa main sur mon bras, me tire vers lui. Mieux vaut ne pas la faire à l'envers à Andrei Petrov. Il peut être d'une brutalité rare si on se fout de sa gueule.

Je joue le jeu et le laisse m'entraîner hors du parc.

— D'accord, je peux marcher, vous savez.

Je lève la main pour m'en dégager, il n'a pas besoin de

me traîner jusqu'à Andrei, je suis prête à courir jusqu'à lui. Demetri me lâche mais reste près de moi.

— Inutile de courir, je te rattraperai forcément.

J'acquiesce et marche devant lui, acceptant qu'il empiète sur mon espace personnel jusqu'à ce que nous soyons derrière des portes fermées. Ce qu'il ne sait pas, c'est que je ne m'enfuirai jamais.

Dès que j'ai fait l'amour avec Andrei, j'ai su que ce n'était pas uniquement du désir. Notre connexion est profonde, même si elle me dépasse. J'étais censée le tuer, c'est ce que j'avais l'intention de faire quand il m'a achetée aux enchères et ramenée chez lui.

J'ai la nausée au souvenir de la façon dont je l'ai regardé dormir, en tenant ce rasoir sur sa gorge.

En quoi mon oncle m'a-t-il transformée ?

Avant que ma famille ne meure, je n'aurais même pas envisagé de faire du mal à une mouche, encore moins à une personne. Il a utilisé mon chagrin comme une arme et m'a transformé en quelqu'un que je ne reconnais plus.

L'homme que je devais tuer m'a volé mon cœur. Un cœur que je croyais trop brisé pour fonctionner à nouveau, mais je me sens humaine pour la première fois depuis que j'ai perdu ma famille. Mon oncle croyait avoir le plan idéal, ce qu'il n'avait pas prévu, c'est qu'il me jetterait dans les bras de mon âme sœur.

L'engourdissement s'estompe lorsque la chaleur et la gentillesse d'Andrei dégèlent mon extérieur glacé. Avec Andrei, j'ai l'impression d'avoir un avenir, une chance. Une chance que je croyais perdue à jamais.

13
ANDREI

Le bourdonnement de mes oreilles s'estompe et mes paupières s'ouvrent. L'espace d'un instant, je suis sonné et je ne sais pas où je me trouve. La douleur se fait sentir, l'humidité sous moi accélère mon rythme cardiaque.

Je porte ma main à mon visage et la trouve couverte de sang, mon propre sang. Je ne devrais pas être en vie, mais je vois Alexi agenouillé à mes côtés. Lyov est avec lui, un peu plus loin. Et Roman, le médecin de notre confrérie, est agenouillé à ses côté.

— Andrei, vous nous entendez ? dit-il en comprimant la deuxième blessure que j'ai reçue à la poitrine.

Je hoche la tête, j'essaie de me redresser mais il me plaque au sol.

— Ne bougez pas. Vous avez perdu beaucoup de sang.

La panique me gagne.

— Où est Vera ?

Alexi et Roman échangent un regard.

— Ils l'ont enlevée.

Un flot d'adrénaline fait disparaître la douleur et je me redresse, tente de me mettre debout. Je dois la retrouver. Vera est *tout* pour moi. Je ne peux pas les laisser me la prendre.

Je me lève mais la tête me tourne. Alexi m'attrape le bras et me stabilise.

— Du calme, mon beau. Vous allez où comme ça ?

— Je dois la retrouver, dis-je, excédé.

Alexi jette un coup d'œil à Lyov.

— D'abord, il faut vous ramener à la base vous soigner. Lyov a des informations qu'il vous donnera une fois que nous serons là-bas.

Je serre la mâchoire, j'aimerais pouvoir me battre contre mon *sovietnik*, mais pour l'instant, je n'en ai pas l'énergie. Mes hommes ont raison, l'hémorragie m'a épuisé, essayer de poursuivre Vera maintenant serait une mission suicide.

Si je réussissais à les trouver, je risquerais de m'évanouir sur le champ. Je jette un coup d'œil à l'endroit où j'étais allongé et grimace en voyant la mare de sang.

- Comment m'avez-vous trouvé ?

Lyov s'approche.

— J'ai découvert des informations troublantes, nous allions vous les communiquer quand Alexi a reçu un appel de Yakov disant qu'une embuscade vous était tendue.

Il s'arrête un instant.

— Où est Yakov ? je demande en scrutant la zone. Il

déglutit difficilement.

— Mort.

Je suis sous le choc : mon chauffeur de confiance et ami intime est mort. Il n'avait qu'un rang modeste au sein de notre organisation, mais c'était l'homme en qui j'avais le plus confiance. C'était un homme que j'avais gardé auprès de moi pendant huit ans, depuis que j'avais pris les rênes. Il était aussi le chauffeur de mon père quand j'étais enfant. Sa disparition va me peiner pendant un bon moment. Au sein de la Bratva, on n'a pas le temps de faire son deuil, même devant mes frères, ce serait perçu comme une faiblesse. J'acquiesce à la place et ravale la boule dans ma gorge.

— Allons-y, alors.

Alexi et Roman m'aident à sortir du chalet et me font monter dans une voiture. Je repose ma tête contre l'appui-tête et ferme les yeux. Au moment où ils se ferment, je la vois. Vera Popov. La femme qui a essayé de me tuer, la femme que je désire, je serais prêt à braver les flammes de l'enfer pour la retrouver, et au diable les conséquences.

* * *

Roman m'injecte ma perfusion et mon traitement par intraveineuse, avant de retirer l'aiguille. Je grimace, ça pique, mais pas autant que mon épaule. Il l'a recousue, ainsi que la blessure à ma poitrine, sans analgésiques. Je dois être en forme si je veux récupérer Vera, les analgésiques risquent de m'endormir.

Lyov s'est attardé près de la porte, impatient de me

parler. Je le vois sur son visage. Il se rapproche du lit quand Roman s'éloigne.

— Nous avons découvert qui a essayé de vous tuer.

Je me déplace dans le lit, la douleur qui irradie mon épaule m'arrache une grimace. C'est peut-être une blessure superficielle, mais c'est très douloureux, pas autant que d'être séparé de Vera.

— C'est qui, putain ? je me redresse dans mon lit.

Il fronce les sourcils et se rapproche.

— La femme que vous avez achetée à la vente aux enchères des vierges s'appelle Vera Popov... la fille d'Ivan Popov.

— Oui, je sais, elle me l'a dit.

Il reste bouche bée pendant une seconde avant de se racler la gorge.

— Igor Popov est l'homme qui se cache derrière votre tentative de meurtre. Il dit détenir la preuve que vous avez assassiné son frère. C'est son oncle.

— Je sais. L'oncle de Vera lui a dit que j'avais assassiné sa famille, ce qui est impossible puisque j'étais ici, en Amérique, quand c'est arrivé, dis-je en frottant ma barbe au menton. Ils ont envoyé Vera pour me tuer, mais elle m'a cru quand je lui ai dit la vérité. Elle ne m'a jamais dit que c'était son oncle qui l'avait poussée à le faire.

— Qu'est-ce que vous ne savez pas ? dit-il, perplexe.

— Où elle se trouve en ce moment.

— En quoi l'endroit où se trouve Vera a-t-il de l'importance ? demande-t-il d'un air inquisiteur.

Je mords l'intérieur de ma joue, j'aurais mieux fait de me taire. Lyov est mon espion. Nous nous connaissons depuis des années, mais je ne sais pas si je peux lui dire toute la vérité.

— Personne ne prend ce qui m'appartient, dis-je d'un ton glacial. Il ne peut pas savoir ce qu'elle représente pour moi, personne ne peut.

— Nous avons la preuve qu'Igor Popov a tué son frère.

Il plonge la main dans une mallette dont il sort des photos, un homme couvert de sang se tient au-dessus des cadavres de quatre personnes. Je me demande si ce sont les photos qu'ils ont truquées pour les montrer Vera.

— Il essaie d'étendre sa suprématie dans toute l'Amérique, déclare-t-il en mettant les photos dans ma main. Nous pensons qu'il vous a dans le collimateur, vous et votre père, depuis qu'il a tué Ivan et sa famille.

— Pourquoi nous ?

— La Confrérie de New York est la plus grande organisation mafieuse d'Amérique du Nord, dit-il avec un haussement d'épaules. Nous sommes les plus riches, l'avidité est la raison de vivre d'Igor.

— Quel est le meilleur plan ? je demande.

Il pose la main sur le pistolet qu'il porte à la ceinture.

— Le trouver et le tuer.

— Ça me paraît bien.

Je me lève du lit et me dirige vers mon armoire, prend une chemise. Je grimace en l'enfilant avant de me tourner vers la porte de la chambre. Lyov pénètre dans ma chambre et pose sa main sur mon épaule valide.

— Où allez-vous, monsieur ?

— Je vais trouver et tuer ce bâtard, je grogne.

Il tressaille mais laisse sa main sur mon épaule.

— On vous a tiré dessus à deux reprises il y a moins de deux heures. Laissez-nous nous en occuper.

— Dégage de mon chemin, dis-je avec froideur. En temps normal et si Vera n'était pas concernée, je n'insisterais pas pour y aller vu mon état mais je dois être présent quand ils la trouveront, sous peine de risquer de se retrouver entre deux feux. Hors de question que ça dérape.

— Vous n'êtes pas en état de nous accompagner dans une mission aussi périlleuse.

Il redresse ses épaules pour affirmer sa domination. Il joue serré avec moi en ce moment. S'il ne fait pas gaffe, je risque de le cogner pour son insolence malgré mon bras hors d'usage.

— Hors de mon chemin, j'ordonne d'une voix dangereuse. Je lui donne un coup avec mon épaule valide. Ne sois pas trop arrogant, Lyov, je le préviens en sortant de la pièce.

— Je l'ai localisée, monsieur, dit Alexi alors que je sors de la chambre et entre dans le couloir.

— Vera ?

Il acquiesce et je jette un coup d'œil à Lyov, appuyé contre la porte.

— Où est-elle ?

Alexi hausse les épaules et fait un pas de côté, je sens le sang pulser plus fort dans mes veines. Vera se tient devant moi.

— Demetri l'a trouvée, errant dans un parc voisin. Elle a dit qu'elle leur avait échappé et qu'elle était retournée en ville.

Les yeux de Vera rencontrent les miens et je sais que quelque chose ne va pas, comme si elle essayait de me prévenir. Soit elle a convaincu son oncle qu'elle bosse toujours pour lui, soit elle bosse effectivement toujours pour lui.

Mais quand elle aura la preuve que je n'ai pas tué sa famille, je suis certain que son serment d'allégeance changera pour de bon.

J'espère seulement qu'elle me fera confiance après ça, sinon, nous risquons de mourir tous les deux. Si elle se dresse contre moi, je me retrouverai dans une situation intenable.

En tant que *pakhan* de la mafia de New York, je dois punir quiconque tente de saper mon autorité. La mort est le seul châtiment acceptable. J'ai le sentiment que, quoi qu'il arrive, je ne pourrai pas autoriser son trépas.

— Merci, Alexi. Je me rapproche d'elle, mon cœur s'emballe dans ma poitrine. C'est moi qui mène l'interrogatoire, désormais. Je pose ma main sur son bras, l'attire contre moi et respire son parfum suave féminin. Cela fait moins de vingt-quatre heures que je ne l'ai pas touchée, mais bon sang, elle me manque.

— Bien monsieur, dit-il en s'inclinant.

Lyov se pointe à mes côtés.

— Vous ne nous accompagnez donc pas pour chercher Igor ?

— Non, je dois interroger Vera.

Un sourire complice se dessine sur les lèvres de Lyov, mais il ne répond rien. C'est la première fois que je vois ne serait-ce que l'ébauche d'un sourire chez lui. Je le regarde s'éloigner dans le couloir en direction de la porte d'entrée.

— Vera, je souffle une fois seuls.

— Andrei, dit-elle en guise d'avertissement avant de soulever son haut.

Un mouchard est fixé dans son soutien-gorge, sous ses vêtements. Je l'entraîne dans ma chambre.

— Déshabille-toi, je lui ordonne, d'une voix froide et calculatrice.

— Mais, je...je...

— Exécution, je gronde en m'assurant que mon comportement est convaincant. Igor se croit peut-être intelligent, mais il se trompe.

Pourquoi pensait-il que j'avais acheté une vierge ?

Si je me comporte comme on l'attend de moi, le sexe sera la première chose à laquelle je penserai. Une fois que j'aurai forcé Vera à se déshabiller, je détruirai le mouchard et je ferai passer un message à ce salaud.

Vera humecte sa lèvre inférieure avant de dégrafer son jean et de le descendre le long de ses hanches. Sa culotte en dentelle est déjà mouillée, et je ne l'ai pas touchée.

— Bien, maintenant enlève ton haut.

Elle me jette un regard interrogateur avant de porter la main aux boutons de son chemisier. Je sens le sang se précipiter vers le bas lorsqu'elle me dévoile ses seins parfaits et ses mamelons dressés.

Je gémis, je joue le jeu pour l'homme qui écoute cette conversation. Lorsque le mouchard apparaît, je grogne.

— C'est quoi que ce truc ?

Je m'approche d'elle et son visage pâlit lorsque je lui

arrache l'appareil.

— Celui qui pensait pouvoir s'emparer de ma propriété et la mettre sur écoute s'est trompé. Surveille tes arrières.

Je jette l'appareil par terre avant de le piétiner et de le réduire en miettes.

Vera me jette un regard inquiet, se demande ce qui se passe.

Je m'approche d'elle et je prends ses mains dans les miennes.

— Vera, je murmure avant de la serrer contre moi. Sa langue se glisse dans ma bouche et je la suce, elle gémit. L'envie de la tringler me démange, mais je sais que ce n'est pas le moment.

— J'ai quelque chose à te montrer, je murmure contre ses lèvres.

Elle recule et me regarde dans les yeux.

— C'est quoi ?

Je grimace en sortant les photos de ma poche.

— Je ne suis pas sûr que tu veuilles revoir les photos non retouchées.

La mort de sa famille a été brutale et je ne veux pas la peiner en évoquant le passé.

— Les photos originales ? demande-t-elle, les yeux embués de larmes.

Je hoche la tête, les serre contre ma poitrine.

— A toi de décider si tu veux les voir ou pas. Je peux te dire qui a fait ça.

— C'était mon oncle, n'est-ce pas ?

Le dernier parent survivant de Vera est Igor Popov, et

même ses filles ont été tuées il y a un an dans l'explosion d'une bombe qui lui était destinée. Je déglutis difficilement.

— Oui.

Elle hoche la tête et tend les mains pour prendre les photos.

Je les lui remets et j'attends, le cœur battant à tout rompre.

Va-t-elle me faire confiance, maintenant ?

Vera me regarde à nouveau et ses yeux brûlent de haine.

— Je vais tuer ce salaud, dit-elle en fermant les poings.

Je ne peux m'empêcher de ressentir la fierté inonder mon cœur, je l'embrasse sur le front.

— Je t'aiderai.

Elle s'écarte, me regarde comme si j'étais fou.

— Pourquoi ?

Je fronce les sourcils et je la regarde un instant, plongé dans mes réflexions.

— Primo, il a essayé de me tuer... en tant que *pakhan*, je ne peux pas laisser son geste sans réponse. Je glisse mes mains jusqu'à sa taille et la serre. Deusio, je ferais n'importe quoi pour toi, je murmure à son oreille, ça la fait frissonner.

Elle se lèche la lèvre inférieure et évite son regard. Je n'arrive pas à croire que j'ai prononcé ces mots, mais ils sont vrais. Dieu merci, personne d'autre n'est là pour les entendre. Je perdrais ma réputation de salaud impitoyable et sans cœur si quelqu'un savait la vérité. Je tiens à la femme que j'ai achetée.

14
VERA

Mon oncle brûlera en enfer pour ce qu'il a fait à sa propre famille. Igor les a tués. J'ai été un soldat stupide et aveugle, à ses ordres sans rien connaître de la vérité.

Igor ne restera pas longtemps dans l'ombre, pas maintenant qu'il sait que je suis dans le camp ennemi.

Andrei a prévu de faire une apparition publique à l'occasion d'un événement caritatif ce soir. Cela ne me convient pas, il va faire couler le sang à cette soirée.

Andrei m'a assuré que si l'un des participants se faisait tirer dessus, il le mériterait. Les personnes qui participent à ce soi-disant gala de charité sont des criminels. L'argent n'est versé à une organisation caritative qu'à des fins de blanchiment.

La plupart des soi-disant œuvres de charité n'en sont pas, de toute façon. Le mode de vie des Bratva est méprisable et répugnant. Je le détestais lorsque mon père était *pakhan*, et je le déteste encore aujourd'hui.

Ce qui me surprend, c'est la façon dont Andrei en parle, on dirait qu'il le déteste autant que moi.

— *Krasivaya,* tu es prête ? demande Andrei en se postant derrière moi.

Je me tourne vers lui en souriant.

— Comment es-tu entré ici ? Je jette un coup d'œil à la porte, il n'a pas pu entrer ici sans que je le voie, c'est impossible. Il se retourne et actionne un interrupteur sur le mur, ouvre une porte.

— Nos chambres sont contiguës.

— Pourquoi ne pas me l'avoir dit avant ? je demande, stupéfaite. Il sourit et se dirige vers moi.

— Je voulais te faire la surprise.

Il glisse ses mains autour de ma taille, je me transforme en flaque de lave en fusion dès qu'il me touche.

— Tu dois vraiment me toucher là maintenant ?

Une seule de ses caresses me met le diable au corps, c'est exaspérant.

Il resserre sa prise autour de ma taille et m'embrasse dans le cou.

— C'est plus fort que moi, tu es magnifique dans cette robe.

Mes joues s'empourprent à ce compliment. J'ai choisi cette robe en espérant qu'elle exciterait Andrei. Le décolleté plongeant offre une vue avantage sur mon décolleté, et la longueur montre mes jambes juste assez, sans être trop découverte.

— J'aimerais pouvoir te l'arracher, gémit-il en me faisant tourner autour de lui et en enfonçant sa verge en érection dans mes fesses.

Je gémis et me cambre.

— On part dans combien de temps ?

Ses lèvres caressent mon oreille.

— On a cinq minutes.

— C'est assez long, dis-je en relevant ma robe.

Il part d'un ricanement grave et profond et me pousse sur la coiffeuse.

— Monte là-dessus.

Je retiens mon souffle, attendant qu'il passe à l'action. Il m'arrache ma culotte, la déchire.

— Pas de culotte pour toi ce soir, murmure-t-il.

Il baisse la fermeture éclair de son pantalon et je frémis d'impatience, ma mouille dégouline sur mes cuisses.

— Je veux que tu jouisses sur ma bite, *Printsessa*.

Sa verge tout entière s'enfonce d'un seul coup, je pousse un hurlement.

Sa main se pose sur mon cul, il me donne une tape érotique sur chaque fesse, le geste me procure un plaisir tel que j'ai l'impression que je pourrais déjà jouir. Il ne fait aucun doute dans mon esprit qu'il m'amènera à l'orgasme sans trop d'effort.

Le plaisir monte en flèche quand sa main glisse entre mes cuisses et qu'il masturbe mon clitoris en effectuant des cercles, mon orgasme approche à grands pas. Sa grosse bite qui s'enfonce en moi est un véritable paradis. Si je mourais maintenant, je mourrais heureuse.

Le sexe avec cet homme dépasse tout ce que j'aurais pu imaginer. J'ai déjà regardé des films pornos, mais je n'ai jamais ressenti une telle intensité, un tel désir, comme s'il était un animal sauvage qui essayait de me mettre enceinte. Ses grognements vont dans le même sens, bestial et féroce.

J'ai réfléchi aux conséquences et au risque de baiser sans protection. C'est sauvage. Andrei devrait prendre des précautions, mais peut-être que les salauds qui m'ont formée m'ont mis un moyen de contraception à mon insu.

Je gémis lorsqu'il gifle à nouveau mes fesses, qui doivent virer au rouge. La brûlure décuple mon plaisir, je vais jouir d'une seconde à l'autre.

— Oh oui, Andrei...

— C'est ça, jouis sur ma bite, grogne-t-il, et ça me suffit pour basculer dans l'extase absolue.

Je suis assaillie par la force d'un orgasme intense, qui m'excite et m'aveugle à la fois. Le souffle de mes poumons s'échappe et je halète, j'essaie de reprendre pied dans la réalité.

Andrei grogne derrière moi, me pénètre une dernière fois et s'enfonce à fond. Je sens sa bite tressaillir en moi, déverser sa semence le plus profondément possible. Mes cuisses tremblent lorsque je réalise que son sperme va couler de moi toute la nuit.

— Ne bouge pas, dit-il.

Mes sourcils se froncent lorsqu'il plonge la main dans sa poche et en sort un sex-toy. On dirait un gode de forme bizarre.

— Qu'est-ce que tu vas faire avec ça ?

Son sourire est presque méchant quand il sort sa bite de moi et la remet en place.

— Je veux que tu le portes ce soir, dit-il en me donnant une nouvelle fessée.

Je gémis, à nouveau excitée, bien que j'aie atteint l'orgasme il y a quelques instants.

Il sort un autre objet de sa poche et je sursaute. Le jouet vibre tout au fond dans mon vagin, je frémis.

— Je te contrôlerai toute la nuit, Vera.

Ses yeux sont débridés et sombres. Je secoue la tête, essayant d'ignorer les sensations alors qu'il augmente le niveau de vibration.

— On n'est pas censés se concentrer sur la capture de mon oncle ?

Il hausse les épaules.

— Oui, mais mes hommes seront là pour ça.

Je sursaute lorsqu'il appuie sur un autre bouton, augmente encore le niveau de vibration.

— Je ne peux pas porter ça ce soir. Je vais avoir un orgasme à table.

Son sourire s'élargit et il dépose un baiser sur mes lèvres.

— C'est le but, Vera. Sa main se love dans la mienne tandis qu'il éteint le vibromasseur et range la télécommande dans sa poche. Viens.

— Attends, dis-je en l'arrêtant brusquement. Je dois mettre une nouvelle culotte.

Il tire sur ma main pour me forcer à l'accompagner.

— Pas de culotte.

Putain.

Je ne peux pas m'asseoir à une table avec des étrangers sans culotte, avec son sperme qui dégouline et un vibromasseur fourré dans ma chatte. Je gémis intérieurement tandis qu'il me serre contre lui, m'escorte hors de chez lui.

Andrei aime le contrôle, et il n'y a aucune raison de lutter contre lui sur ce point. Sans compter qu'au fond, faire ce genre de truc en public l'excite peut-être un peu. Une fois dans la voiture, il se tourne vers moi.

— Tu te souviens de ton entraînement de vierge ?

— Oui, pourquoi ?

— Bien. Comporte-toi comme on te l'a appris, je ne veux pas que les gens se rendent compte de comment je te traite.

— Ça tombe sous le sens, dis-je en regardant par la fenêtre.

Je ne réponds pas à la question qui me brûle les lèvres, ce serait peut-être aller trop loin. Être l'esclave d'Andrei signifie ne jamais représenter autre chose pour lui ?

Andrei est le *pakhan* de la Bratva, une organisation puissante. Enfreindre les règles de l'esclavage serait perçu comme une faiblesse. Peut-être que si je tombais enceinte, cela changerait la donne, la Bratva accorde une grande importance à la famille, qu'un *pakhan* ait un héritier assoie la stabilité de ses dirigeants.

— À quoi tu penses ?

Je me tourne vers Andrei, qui me contemple, en pâmoison. J'en ai le cœur serré. Le dernier homme que j'ai vu me regarder ainsi, c'est mon père.

Les circonstances étaient différentes, mais mon père était un homme très aimant derrière des portes closes, un peu comme Andrei.

— A rien.

Il n'a pas l'air convaincu par ma réponse et je me mords la lèvre. Il sort la télécommande de sa poche.

— Dis-moi, Vera.

Mes joues s'échauffent et je secoue la tête. Je n'ose pas lui avouer le fond de ma pensée : j'imaginais un avenir avec lui. Il ne ressent peut-être pas la même chose que moi.

Il appuie sur la télécommande et je tressaille, je me cambre quand les vibrations se propagent jusqu'à mon point G.

— Waouh.

Il rit, se rapproche de moi à l'arrière du véhicule.

— Je ne peux pas te baiser ici.

— Pourquoi tu fais ça ?

Il prend mon menton entre ses doigts et ses lèvres effleurent les miennes.

— Je veux tout savoir te concernant.

Sa phrase me donne le frisson, un frémissement de désir se love au creux de mon abdomen. Il m'embrasse.

—Dis-moi à quoi tu pensais.

La chaleur de mes joues va crescendo.

— Je me demandais si je devais toujours me comporter comme une esclave avec toi en public.

Il lâche mon menton et s'écarte comme si j'avais dit quelque chose que je n'aurais pas dû. La télécommande s'éteint et il me laisse avec un sentiment de vide et de honte. Imaginer qu'il pourrait y avoir quelque chose de plus entre nous est trop audacieux ? Je suis une esclave et lui est mon maître.

Il veut dominer mon corps, voilà tout. C'est ma faute si je n'ai pas protégé mon cœur contre le charmant *pakhan*.

Parfois, ce qu'il dit me touche profondément. Il m'a dit qu'il ferait n'importe quoi pour moi. Un homme dit ce genre de choses à la fille avec laquelle il couche ? Je ne saurais le dire, étant donné qu'il est mon premier.

Chaque fois que je passe du temps avec lui, je ne peux m'imaginer vivre ma vie sans lui. Si cela signifie devenir son esclave sexuelle pour le restant de mes jours, alors soit.

Nous sommes deux adultes brisés sur le plan psychologique, qui se trainent de sacrées casseroles. Nous ne pouvons pas oser espérer nous réparer l'un l'autre.

Le véhicule s'arrête devant un vieux bâtiment. Un flot continu de personnes élégantes et bien habillées se faufile à l'intérieur, remettent des invitations aux videurs musclés tout de noir vêtus.

Andrei prend ma main.

- N'oublie pas de jouer ton rôle, Vera.

— Compte sur moi, je réponds en affichant un sourire de façade.

Ses yeux sombres brillent d'une lueur satisfaite et il sort de la voiture en premier, j'attends qu'il vienne ouvrir ma portière.

— Sors, lance-t-il avec froideur.

Je m'attendais à entendre un changement dans sa voix, mais étrangement, ça fait mal. Je me suis laissée attendrir par cet homme, cet homme qui me possède.

J'avais entendu dire que les femmes s'attachaient aux hommes qui les dépucelaient, mais là, c'est profond, ça m'arrache le cœur. S'il ne ressent pas la même chose, ça me fera très mal, mais je suis habituée à la douleur et à la tristesse, désormais.

Être rejetée est le cadet de mes soucis. Tout ce qui compte, c'est me concentrer sur le meurtre de mon oncle. Je n'en ai pas parlé à Andrei, mais je veux être celle qui mettra fin à ses jours. Le besoin de venger mes parents, mon frère et ma sœur est encore très présent en moi.

Andrei présente son billet d'entrée au videur, qui me jette un regard étrange, provoquant un grognement sourd de la part d'Andrei. Le videur, qui doit mesurer deux bons mètres, pâlit et nous fait signe d'entrer.

Que la fête commence.

15
ANDREI

Un bourdonnement de conversations envahit le hall tandis que Vera s'assoit à mes côtés, les mains sur les genoux. Elle se débrouille bien pour sauver les apparences, et se glisse aisément dans son rôle d'esclave obéissante.

Certaines personnes présentes ici ce soir m'ont regardé très bizarrement quand je l'ai faite asseoir à côté de moi à la table principale.

Permettre à une esclave de dîner avec nous est extrêmement mal vu, mais pas question de la laisser seule ce soir. Le danger qui menace est trop grand pour que nous soyons séparés. De toute façon, elle est plus belle que n'importe quelle femme ici, esclave ou pas.

Vera est tendue, je la sens sur ses gardes et sur le qui-vive, mais le devoir l'oblige à garder la tête et les yeux baissés.

Cet événement caritatif est ennuyeux à mourir, ils

m'ont installé avec un tas d'hommes politiques véreux à côté et face à moi. Je glisse ma main dans ma poche et appuie sur un bouton de la télécommande.

Vera tressaille sur sa chaise, les yeux levés une demi-seconde avant qu'elle ne se souvienne de l'endroit où elle se trouve.

Je n'ai pas répondu à sa question dans la voiture, même si ce n'était pas une question. Je l'ai forcée à me dire ce qu'elle pensait, j'ai été pris au dépourvu. Mon cœur bat plus vite au souvenir de la douleur dans ses yeux, suite à mon absence de réponse.

La dernière chose que je souhaite, c'est la traiter comme une esclave, mais aimer une femme quand on est le *pakhan* d'une confrérie de la Bratva, c'est dangereux.

Mes ennemis essaient de me tuer depuis des années. La peur d'être tué n'existe plus dans mon esprit. Je m'y prépare à chaque minute chaque jour, mais la mort de Vera est une autre histoire.

Je ne peux pas imaginer la perdre. Elle est la chose la plus précieuse qui soit entrée dans ma vie depuis aussi longtemps que je m'en souvienne, nous avons tous les deux traversé tant d'épreuves. Je la regarde ignorer les sensations que mon vibromasseur lui procure. Elle a un tel contrôle sur elle-même. C'est admirable.

Nous nous ressemblons à bien des égards. Notre maîtrise de soi, sauf quand il s'agit de l'autre. Nous sommes toutes les deux impitoyables et forts quand il s'agit de ce que nous voulons.

Elle m'aurait tué ce jour-là dans la chambre pendant mon sommeil. Seul son moment d'hésitation m'a sauvé.

J'augmente le volume et elle serre les cuisses l'une contre l'autre. Ses joues sont d'un rose éclatant. J'adore voir cette couleur et savoir que c'est grâce à moi, enfin, grâce au jouet que je contrôle en elle.

Je gémis à mi-voix quand ma verge entre en érection dans mon caleçon moulant, suinte contre l'étoffe. Elle est trop belle, et je suis trop avide dès qu'elle est près de moi.

J'adore pouvoir la faire se sentir bien avec ce sex-toy sans même la toucher.

Elle se mord la lèvre inférieure d'une manière qui me donne envie de grogner, de la soulever sur la table et de donner à tout le monde un sacré spectacle. Au moins, ça mettrait de l'ambiance dans cette fête pourrie.

J'augmente encore le volume et elle se rapproche de l'orgasme. Sa poitrine se soulève à chaque respiration et ses doigts s'agrippent à ses cuisses. Je remarque que ses yeux se ferment un instant et que ses lèvres s'entrouvrent.

Elle essaie de contrôler ses réactions, mais ça ne marche plus. Dans un instant, je vais devoir insister pour que nous allions tous les deux aux toilettes. J'ai très envie d'être en elle.

Jusqu'à ce qu'une voix retentisse dans mon oreillette, brisant ma concentration et mon désir.

— Nous avons repéré la cible, et il semble qu'elle soit présente ce soir en bonne compagnie, dit Alexi.

Je serre la mâchoire, sachant qu'il essaie de ne pas attirer l'attention sur lui. Ce sont ses hommes qui m'élimineront sur ses ordres. Vera aussi sera visée, vu tout ce qu'il a déjà fait à sa famille.

Vera avait raison. Un événement caritatif n'est ni l'endroit ni le moment pour expérimenter un jouet sexuel, mais je n'ai pas pu m'en empêcher. Je l'éteins et je prends sa main.

— Regarde-moi.

Elle fait ce que je dis. Ses yeux se dilatent avec tant de désir et de plaisir que j'en oublie presque ce que je m'apprêtais à dire.

— Il est là, je chuchote en jetant un coup d'œil aux autres personnes assises à notre table. Aucun d'eux ne fait attention à nous.

La luxure dans ses iris s'éclaircit, la rage l'inonde. Je vois sa mâchoire se serrer en même temps que ses poings.

— Reste calme.

Je pose ma main sur sa nuque dans un geste possessif et je serre, m'assurant de sauvegarder les apparences. Je pose mes lèvres sur les siennes et murmure contre elles.

— Nous ne connaissons pas encore le plan d'Igor, alors assure-toi de rester dans la peau du personnage.

Elle baisse les yeux sur ses genoux. Je me racle la gorge et me concentre sur le plat, qui a dû arriver pendant que je jouais avec le jouet enfoui dans la chatte de ma Vera.

— Mange, j'ordonne en prenant mes couverts. Vera fait de même et avale de minuscules morceaux de nourriture.

Je mange tout en scrutant attentivement la salle. Je n'ai jamais rencontré Igor en personne mais les photos devraient m'aider à l'identifier.

Un homme grand qui entre dans le hall principal avec une jeune femme blonde à son bras attire mon attention.

C'est lui. Il n'y a pas de doute. Nos regards se croisent brièvement et il ose m'adresser un demi-sourire.

Le salaud.

Il a essayé de me tuer, et maintenant il me sourit. L'alpha en moi veut se lever et l'affronter ici et maintenant, en finir avec ces conneries à la mords-moi le nœud et le réduire en bouillie pour tout ce qu'il a fait devant toute l'assemblée.

Je pourrais le faire, mais mes actes provoqueraient un tollé. Tout le monde ici sait qui je suis et de quoi je suis capable, mais le voir, c'est une autre histoire. Cet homme est à l'origine de la mort de mon père. Mon intuition me dit qu'il est la raison de ma souffrance et de celle de Vera.

Je ne veux surtout pas tout gâcher, le but étant de découvrir si Igor est celui qui a pris mon père pour cible. Ensuite, je l'assassinerai en l'absence de centaines de témoins. Il est pile là où on l'attendait.

Cet enculé trouve sa place et tire la chaise à la femme qui l'accompagne, elle ne doit pas avoir plus de dix-huit ans et semble terrifiée.

Vera est redevenue une esclave soumise, mais elle ne mange plus.

J'appuie mon doigt sur mon oreille et je murmure.

— Des nouvelles ?

— Nous pensons qu'il se prépare à frapper, mais rien pour le moment.

Même si je ne pensais pas qu'il aurait le courage de se montrer à la soirée, c'est ce à quoi nous nous attendions.

— Reste là. Je vais aux toilettes, dis-je à Vera.

Elle ne dit rien. Au lieu de cela, elle continue à manger.

Ça m'embête de la laisser seule, mais c'est le meilleur moyen de l'attirer. Sans compter que mes hommes montent la garde dans la galerie au-dessus de la salle à manger principale.

Si Igor pense qu'elle travaille toujours pour lui, il pourrait l'approcher. Dans le cas contraire, il pourrait essayer de la blesser, mais mes hommes ne se laisseront pas faire.

Je fais comme si j'allais aux toilettes, je m'arrête une fois hors de vue et je me retourne pour jeter un œil dans la salle principale : Igor est assis avec son invitée, mais ses yeux sont fixés sur Vera.

Je le regarde se lever de sa chaise et se diriger vers elle d'un pas lent et nonchalant. Cet homme est un vrai serpent, une fouine qui ne mérite pas de respirer le même air que ma Vera.

Je le regarde parler, et elle lève les yeux vers lui. D'ici, on ne sait pas s'il est en colère contre elle ou s'il pense qu'elle fait son travail.

Igor ne prendra pas mon message à la légère.

Je le vois lui saisir l'épaule, et ce n'est pas un geste amical. Une femme assise à proximité lui dit quelque chose.

Vera semble mal à l'aise et pas sûre d'elle, elle regarde la femme à la table et son oncle.

Merde.

Je retourne vers la table à toute vitesse, fonce droit sur l'enfoiré qui a essayé de me tuer.

— Igor, dis-je d'une voix grave et froide.

Il se tourne vers moi et m'adresse un sourire factice.

— Andrei, je parlais justement à ton esclave, dit-il en indiquant Vera d'un signe de tête.

— Je vous ai donné la permission de parler à ce qui m'appartient ? je demande, en m'assurant que mon ton est tout sauf poli. Ce type se fout de ma gueule, et je ne peux pas laisser passer ça, pas ici.

Il lève les mains.

— Je suis désolé, mais je voulais parler à ma nièce.

Quelques cris et murmures se font entendre autour de nous. Les esclaves ne devraient pas avoir de lien de parenté avec les membres de la Bratva. Même si Igor est le *pakhan* de la mafia russe, il est bien connu ici en Amérique.

La plupart des gens verraient comme un manque de respect le fait qu'un autre *pakhan* possède une femme dont la famille est de la Bratva. Il joue un jeu avec moi, essaie de faire en sorte que je la relâche.

— J'ignorais qu'elle était de votre famille lors de mon acquisition, dis-je d'une voix égale.

Il croise les bras sur sa poitrine et me regarde en face.

— Je ne doute pas que ce soit vrai, mais j'aimerais en discuter. Il tend la main, fait signe vers sa table. Voulez-vous vous joindre à moi un instant ?

Je serre les dents. C'est peut-être un piège, et ça en a l'odeur.

Igor en profite grandement, ses yeux vert foncé sont trop amusés.

Je lui adresse un signe de tête.

— Suivez-moi.

Vera se lève, mais il pose sa main sur son épaule, plus fort que je ne l'aurais souhaité. Elle retombe sur son siège.

— Reste ici, Vera, et laisse les hommes parler.

Je lui fais un bref signe de tête et elle baisse les yeux sur ses genoux. Alors que je m'éloigne avec Igor, je jette un coup d'œil en arrière, remarque que la femme à côté d'elle essaie de lui parler. Maintenant qu'elle sait que Vera n'est pas vraiment une esclave de bas étage, elle commence à lui prêter attention.

— Qu'est-ce que vous voulez, Igor ? dis-je avant d'arriver à la table.

Il se retourne et me sourit.

— Je pense que vous le savez très bien.

C'est vrai, et ça n'arrivera pas. Igor ne prendra pas le dessus sur moi, ici, sur mon territoire.

— Vous ne pouvez pas me tuer devant tous ces gens.

Son rictus va grandissant.

— Regardez-moi.

Je réalise soudain qu'il voulait que je sois debout, faisant de moi une cible facile. En une fraction de seconde, je plonge sous une table, choquant les autres invités.

Un coup de feu retentit et ricoche sur le sol, à quelques centimètres de l'endroit où je me trouvais.

Vera.

Je me glisse à quatre pattes sous la table, tandis que des cris éclatent autour de moi. Un coup de feu retentit, suivi d'un autre, sans doute pour dégager la salle afin qu'ils puissent me trouver. Je ne pense qu'à Vera, une cible facile.

Je ne peux pas la perdre. Je ne la perdrai pas. Elle n'est pas mon esclave mais l'amour de ma vie, et je la protégerai de toutes mes forces.

La vérité que j'ai ignorée me percute comme un train de marchandises : je l'aime.

16
VERA

La femme assise à côté de moi s'effondre dans son assiette, un jet de sang gicle de sa tête. Des cris et des hurlements résonnent autour de nous, les gens bondissent de leurs sièges et courent. Je scrute la salle, à la recherche d'Andrei. Il était sur ma droite il y a seulement trente secondes, et maintenant il a disparu. Je panique à l'idée qu'ils lui ont tiré dessus. Je ne peux pas le perdre.

Où est-il ?

Un autre coup de feu me manque de peu, brise un vase sur la table. Le cœur battant, je me réfugie sous la table, sachant que c'est ma seule chance de me mettre à l'abri. Deux coups de feu me visent et me manquent.

Je me glisse à quatre pattes sous la longue table, dans la direction où j'ai vu Andrei pour la dernière fois. Oncle Igor m'a ajouté à sa liste de cibles, mais ses hommes sont de piètres tireurs.

Il a révélé ma véritable identité à tout un chacun, si

nous nous en sortons vivants, ce sera bientôt de notoriété publique.

Cela obligera Andrei à me libérer par le code de la Bratva, *pakhan* ou pas. Je ne comprends pas pourquoi cette pensée me désespère et me fait souffrir plus que de raison. Se libérer de l'esclavage devrait être une chose que l'on attend avec impatience, pas une chose que l'on redoute.

Au fond, c'est quitter Andrei que je redoute le plus. S'il me libère, où irai-je ? En Russie, où je n'ai personne. Tout ce que je veux, c'est être avec Andrei parce que je l'aime.

Un autre coup de feu résonne dans la salle et mon cœur bondit dans ma gorge. Je me fige en entendant des pas se rapprocher de ma cachette et résonner sur le sol carrelé.

Les pas sont lents, confiants et sans peur, ce qui signifie qu'ils appartiennent à Igor ou à l'un de ses hommes.

Il faut que je sorte de cette maudite cachette. Je rampe le long de la table, espérant arriver au bout et sortir sans me faire repérer.

La salle est devenue étrangement silencieuse, ma tension artérielle grimpe en flèche. Je sens le sang pomper dans mes oreilles.

Je m'arrête au bout de la table et jette un coup d'œil sous la nappe. Il y a une porte à quelques mètres de moi, et c'est ma meilleure chance à ce stade.

Courir pourrait mal finir mais si je reste sans bouger, ils me trouveront quoiqu'il arrive. Doucement, j'enlève mes stilettos et les abandonne sous la table. Jamais je n'arriverais à m'enfuir avec des talons hauts.

— Trouvez-les, dit mon oncle en russe.

Un cliquetis retentit, je jette un coup d'œil en arrière pour voir les tables se retourner, en commençant par l'autre côté.

Merde.

Mon temps est compté, c'est le moment ou jamais. Je ferme les yeux, respire profondément et me précipite vers la porte.

Un homme me suit en criant,

— La voilà.

Une balle frappe le cadre de la porte alors que je me glisse dans le couloir. Mes pieds nus claquent contre le carrelage froid alors que je cours pour sauver ma peau.

Le bruit des chaussures pesantes sur le carrelage me poursuit, me force à courir plus ardemment et plus rapidement. Si Igor me rattrape, mon compte est bon.

Je sais qu'Andrei peut se débrouiller tout seul. Il faut qu'on se tire tous les deux d'ici. Dieu sait où sont ses hommes de la confrérie, ils étaient postés à proximité pour intercepter toute personne du côté de mon oncle.

Je tourne à droite et sprinte dans le couloir sans oser regarder derrière moi. Cet endroit est un véritable labyrinthe, et la dernière chose que je souhaite est de m'y perdre.

Rien ne me semble familier par rapport à notre arrivée, et j'arrive à une bifurcation dans le couloir, sans savoir quelle direction prendre. Un cri derrière moi m'oblige à tourner à droite.

Au fur et à mesure que je cours, il fait de plus en plus sombre, et je soupçonne m'être enfoncée plus profondément dans cet endroit. Une pièce au bout du couloir attire mon attention, je me glisse à l'intérieur, espérant damer le pion à mes poursuivants.

Je jette un coup d'œil autour de moi et constate que je suis entrée dans un bureau. Le bruit des pas qui passent devant la pièce m'aide à me détendre et je pousse un soupir de soulagement.

Mes jambes sont douloureuses et ma poitrine oppressée par le sprint. Il fut un temps où j'étais en forme, mais après une année passée enfermée dans un sous-sol et entraînée à devenir une esclave dévouée, courir n'est pas facile.

J'essaie de contrôler ma respiration, mais je sais qu'elle est trop rauque et trop bruyante. Même si j'ai fait faux bond aux hommes d'Igor pour le moment, je ne suis pas encore hors de danger. Mon cœur tambourine dans ma poitrine alors que j'ouvre la porte pour me faufiler à nouveau dans le couloir.

Retrouver Andrei est la seule chose qui compte en ce moment. J'ignore où je me trouve ou comment regagner la sortie de ce bâtiment. Alors que je m'approche à nouveau du grand salon, j'entends la voix de mon oncle.

— Andrei, tu croyais pouvoir te cacher comme un lâche, hein ?

Je me fige et l'effroi me glace les veines. Igor a attrapé Andrei. Je passe la tête par le montant de la porte et je jette un coup d'œil à l'intérieur pour le voir pointer son arme sur Andrei. Andrei pointe lui aussi son arme sur Igor. À mon grand soulagement, ils sont seuls ici.

— Arrêtez, je crie en entrant dans la pièce pour faire distraction.

— Qu'est-ce qui te prends, Vera ? me demande mon oncle, sans me regarder.

— Tu as essayé de me tuer, dis-je en ignorant sa question.

Il ne quitte pas Andrei des yeux, tout en s'adressant à moi.

— Que pouvais-je faire d'autre à quelqu'un qui s'est retourné contre moi ?

— Vera, ne te mêle pas de ça, ajoute Andrei, les yeux écarquillés par la panique.

Je secoue la tête, l'ignore totalement.

— Je ne me serais pas retournée contre toi si tu n'avais pas tué ma famille. Une boule se forme dans ma gorge, je hais l'homme devant moi d'une haine viscérale.

Je repense à ce jour où j'ai failli trancher la gorge d'Andrei. C'est Igor qui m'y a poussé. Si j'avais tué Andrei, un homme innocent, je serais morte, sans jamais connaître la vérité sur mon oncle, jusqu'à ce qu'il soit trop tard et que je sois six pieds sous terre. Ma mort a toujours fait partie de son plan. Si les hommes d'Andrei s'en étaient chargés, tout aurait été plus net. Il aurait pu prétendre que sa présence à New York avait pour but de se venger de sa nièce et de revendiquer son titre de *pakhan* de la confrérie new-yorkaise.

— Je t'ai démasquée, Vera, dit-il en secouant la tête. La femme crédule qui croit tout ce que dit son oncle.

Je serre les poings le long du corps mais je ne peux m'empêcher de me sentir stupide d'être tombée dans le piège de ses mensonges. Ce salaud n'essaie même pas de nier son implication dans leur assassinat, sa chair et son sang.

— Je vais te tuer, je crache.

Il rit comme si c'était la chose la plus stupide qu'il ait jamais entendue.

— Vera, tu ne vas tuer personne.

— Je ferais une exception pour toi, dis-je les dents serrées.

— Vera, dégage d'ici, prévient Andrei. Laisse-moi faire.

Je secoue la tête en regardant méchamment mon oncle.

— C'est moi qui doit te régler ton compte.

Les yeux d'Andrei s'écarquillent.

— Attention ! Derrière toi, s'écrie-t-il.

L'un des hommes de mon oncle s'est glissé derrière moi. Trop tard, il m'attrape. J'essaie de me dégager de son emprise.

Soudain, le tranchant froid d'un couteau se plaque sur ma gorge. Je déglutis et une douleur cuisante irradie dans mon cou tandis que la lame dentelée m'entaille la peau. Andrei se précipite vers moi, mais le bruit d'un pistolet qu'on arme l'arrête dans son élan.

— Pas un pas de plus, Petrov, ou elle meurt, dit Igor.

Du sang coule dans mon cou et sur ma poitrine, je frissonne. Je le crois, après avoir vu ces photos de lui baissé sur le cadavre de son propre frère.

Les yeux d'Andrei sont fous de rage et se concentrent sur la blessure dans mon cou. Ses muscles se contractent sous sa chemise et sa veste ajustées, sa mâchoire se crispe.

Andrei n'a pas l'habitude de suivre les ordres de qui que ce soit, quoi qu'il arrive.

Mon oncle a le dessus, et c'est ma faute. J'aurais pu éviter les ennuis si je ne m'étais pas laissé dominer par mes émotions. Maintenant, nous sommes en position d'infériorité. Andrei a essayé de m'avertir, mais je l'ai ignoré.

— Baisse ton arme, Andrei, ordonne Igor.

Andrei jette plusieurs coups d'œil entre l'homme qui me tient et moi, puis de nouveau vers Igor, ses yeux marron foncé brûlent d'indécision.

Puis je le vois faire quelque chose que je n'aurais jamais cru qu'il ferait. Il recule et pose l'arme sur le sol, les mains en l'air en signe de reddition. Mon oncle a gagné, à moins qu'Andrei n'ait un as dans sa manche.

17
ANDREI

— Baisse ton arme, ordonne Igor en me regardant dans les yeux en guise d'avertissement. La poigne de l'autre homme se resserre sur Vera pendant que son chef parle.

Mon cœur bat tellement fort que j'ai l'impression qu'il va sortir de ma poitrine alors que je regarde Vera dans les bras de l'homme de main d'Igor, un couteau sous la gorge. Il suffit d'un geste pour qu'il lui tranche la gorge et la tue avant même que je puisse m'approcher à moins de trois mètres d'elle.

Le sang qui coule le long de son cou me rend fou de rage. Voir quelqu'un d'autre la toucher me rend fou, sans parler de lui faire du mal.

Pour la première fois depuis notre rencontre, elle a peur. Je le lis dans ses beaux yeux émeraude et dans la façon dont ses narines se dilatent. C'est son expression qui me pousse à prendre ma décision.

Je m'agenouille et pose mon arme sur le sol en tendant

les mains en signe de reddition universelle.

— Relâche Vera, Igor, dis-je en levant les mains. C'est entre toi et moi, elle n'y est pour rien.

— Donne-la-moi, ordonne-t-il en saisissant Vera des mains de son homme et en lui passant l'arme dans la main. Je grimace lorsqu'il ramène le couteau sur sa gorge, l'enfonce plus profondément. Un filet de sang coule le long de son cou et sur sa poitrine. La bête incontrôlable qui sommeille en moi rugit. Je n'ai jamais perdu mon sang-froid, mais cet homme fait du mal à la femme que j'aime.

— Ça n'a rien à voir avec elle, grogne-t-il. Elle était censée te tuer sur mes ordres. Au lieu de ça, elle est devenue ta putain.

Je serre les dents, je déteste qu'il manque de respect à la femme que j'aime. Cet homme est une véritable ordure, il a tué sa chair et son sang, il n'hésitera pas à recommencer, je sais que nous sommes dans de très sales draps.

La seule chose que j'ai dans ma manche, c'est un couteau. J'ai toujours été bon au lancer de couteau, le meilleur d'Amérique du Nord. Mais la situation est super tendue, très différente de tout ce que j'ai connu auparavant. Le risque de me planter est trop élevé.

— Qu'est-ce que tu veux ? je demande, essayant de gagner du temps même si je sais ce qu'il veut.

— Je suis ici pour que le sang coule, Andrei.

Je plisse les yeux.

— Qu'est-ce que je t'ai fait ?

Il relâche son emprise sur Vera.

— Rien. Je veux m'étendre et prendre le contrôle de l'Amérique. C'est toi qui as le plus de pouvoir ici, et ce depuis longtemps, dit-il en haussant les épaules. Ce n'est rien de personnel.

— Pourquoi vouloir tuer ta nièce ?

Il resserre son emprise sur elle, enfonce la lame dentelée dans sa peau. Je grimace en voyant le sang couler sur son cou pâle.

— Elle n'est plus utile et n'a même pas fait ce qu'elle était censée faire, dit-il, furieux. Toutes ces années d'entraînement et de plan, et elle a tout foutu en l'air, crache-t-il.

— Si tu la laisses partir, je te suivrai sans faire de vagues.

— Des conneries, dit-il en partant d'un rire méchant. Si je laisse partir Vera, tu te battras contre moi jusqu'à ma mort dit-il, en secouant la tête. Je ne suis pas stupide, Andrei. J'ai le privilège de l'âge.

Je m'aperçois qu'il n'y a pas moyen de lui faire entendre raison.

— Qu'est-ce que tu vas faire, alors ?

Il jette un coup d'œil entre Vera et moi.

— Je veux que tu t'approches et que tu t'agenouilles, mains derrière le dos. Mon homme t'attachera les mains.

Je le fixe un instant avant de reporter mon attention sur Vera. Ses yeux sont écarquillés et implorants. Je sais qu'elle ne veut pas que je fasse ce qu'il dit, mais je ne peux pas rester sans rien faire pendant qu'il la tue. D'un signe de tête, je m'avance vers eux.

— Tourne-toi, aboie-t-il, ce qui me fait grincer des dents. Je ne suis les ordres de personne, mais je n'ai pas le choix. C'est contre ma nature de me retourner.

— Fillip, attache-le avec ça, dit-il en lui lançant une corde.

Une lueur d'espoir gonfle ma poitrine tandis que je glisse le couteau dans ma manche, plus près de mon poignet. Si je peux tuer cet homme et prendre son arme, nous avons une chance.

Ses mains rugueuses m'agrippent durement aux épaules et, d'un geste du poignet, je laisse tomber le couteau dans ma main. Il est pris par surprise et je lui plante le couteau dans le cœur, le tue du premier coup.

— Merde, crie Igor alors que j'attrape le pistolet et que je vise sa tête.

Ses yeux se rétrécissent.

— Tu ne voudrais pas toucher Vera, n'est-ce pas ? dit-il en plaçant Vera encore plus loin devant lui.

— Je n'ai encore jamais manqué ma cible, dis-je en le fixant.

Il a raison. C'est vachement trop près et même si je suis un excellent tireur, je ne veux pas risquer qu'il déplace Vera à la dernière seconde.

— Elle sera morte avant que la balle n'arrive jusqu'à moi, dit Igor.

Il peut lui trancher la gorge plus vite que la balle ne l'atteindra. Nous sommes dans une impasse, et le temps passe pendant que j'attends.

— On fait quoi, alors ? je demande, rompant le silence.

— Je ne l'abandonnerai pas, grogne-t-il.

— Laisse-la partir, battons-nous entre hommes, à mains nues.

— Andrei, dit-il en riant, tu peux me battre dans un combat à mains nues. Je ne suis pas idiot.

Une peur froide me transperce alors que j'essaie de me rapprocher par pur désespoir.

— Pas un pas de plus.

Vera gémit tandis qu'il appuie le couteau sur sa peau, l'entaille plus profondément. Je lève ma main libre.

— Ok, ne lui fais pas de mal.

— Pourquoi tu me fais ça, mon oncle ? demande-t-elle.

Il lui saisit la gorge et la tourne face à lui, tout en gardant le couteau appuyé sur sa poitrine.

— Mon frère a toujours eu une famille parfaite et a toujours été un fils parfait. Quand il est devenu *pakhan* de l'organisation à la mort de notre père, je l'ai détesté. Vera garde les mains derrière le dos, tord quelque chose dans sa paume. Je vous ai tous détestés. Ivan et sa petite famille idéale. Je savais que vous étiez les plus faibles et que vous m'aideriez à tuer Andrei. Il secoue la tête. On dirait que j'avais tort parce que t'as vite fait de te mettre à poil et de coucher avec lui.

— Mon père t'aimait, et ma mère aussi. Elle secoue la tête. Tu es pathétique.

Je regarde la main de Vera passer sur lui : elle tient le rasoir de la salle de bains dans sa main. Elle le frappe au visage, le force à la lâcher suffisamment longtemps pour se libérer.

Igor recule en titubant, sous le choc.

— Salope, aboie-t-il, il attrape le couteau qu'il tenait par terre et se jette sur elle.

Elle s'éloigne tandis que le grand couteau dentelé fend

l'air. J'arme mon pistolet, je vise et je tire. À ma grande horreur, le pistolet n'est même pas chargé.

Vera se précipite vers une sortie tandis qu'Igor la suit, fou de rage, en brandissant son couteau.

Elle n'a qu'un rasoir et est poursuivie par un cinglé. Je les suis au pas de course, prêt à tout pour la sauver.

Je dois la rejoindre avant qu'il ne l'attrape. Vera est agile, mais Igor est plus fort qu'elle. Il peut la maîtriser. Je me précipite hors de la salle et j'entends un cri à glacer le sang.

Vera.

En quelques secondes, je peux tout perdre. La peur de perdre la femme que j'aime me rend fou. Au moment où je me précipite dans la salle immense, mon corps se crispe. Igor se tient au-dessus d'elle, le couteau sous la gorge.

Je me précipite vers lui, trop loin pour arrêter l'inévitable. Igor m'aperçoit et sourit, déclenche en moi une fureur si grande que je me rue vers lui.

Pendant que je le distrais, Vera lui décoche un coup de pied dans le ventre, le contraint à se plaquer contre le mur. Il s'écroule et je sais que nous le tenons.

La fierté que m'inspire sa force me frappe de plein fouet et me réchauffe le cœur. Je saisis la chemise d'Igor et le tire vers le haut. La rage qui s'est emparée de moi me gouverne désormais, tout ce que cet homme m'a fait, me vient en mémoire d'un coup d'un seul.

Je lui assène un coup de poing au visage, si fort que j'entends son nez craquer, une rivière de sang s'écoule de son nez sur sa lèvre. Je le frappe à nouveau, ensanglantant son visage.

Avec une force phénoménale, je l'écrase au sol, je place mon pied sur sa gorge et je l'étouffe. — J'ai une question à te poser avant que tu ne meures, je grommelle.

— Quoi ? dit-il en crachant une gorgée de sang.

— As-tu fait posé un plastique sur la voiture de mon père ? je demande, retenant mon souffle en attendant une réponse.

Il me sourit, et j'en ai la nausée.

— Oui, ce plan existe depuis trois ans. Nous ne nous attendions pas à ce qu'un homme de trente ans prenne les choses en main. Il tente de se défaire de mon emprise, mais je tiens bon. Nous nous attendions à ce que tu sois mort dans l'année, mais tu t'es pointé et tu as pris les choses en main.

J'en ai assez de ce salaud. Igor ouvre la bouche pour reprendre la parole. Ma vision se brouille et je lui assène un coup de botte dans la mâchoire, qui se brise en deux. Le visage d'Igor devient flasque et ses yeux s'embuent de douleur.

Mes poings se teintent de sang alors que j'attrape à nouveau le col de sa veste et que je prends l'élan pour le frapper. Le besoin de le faire souffrir autant qu'il nous a fait souffrir m'anime.

Mon père était tout ce que j'avais au monde, et il me l'a pris. Quand je l'ai vu blesser ma Vera, ça a été la goutte d'eau qui a fait déborder le vase.

Une petite main douce se referme sur la mienne et je réagis en ramenant mon poing pour frapper. Vera ne bronche pas, elle me fixe d'un regard d'acier.

— Laisse-moi l'achever, dit-elle.

Je secoue la tête, sachant ce que cela lui ferait si elle franchissait le pas aujourd'hui et tuait un homme. Tuer un homme l'anéantirait, même si elle le déteste.

— Tu n'as jamais tué personne, ne commence pas maintenant.

Sa mâchoire se serre, la rage qui brille dans ses yeux va crescendo.

— J'en ai besoin, Andrei.

Je déglutis péniblement et jette un coup d'œil à ce succédané ensanglanté d'un homme devant moi. Il a aussi tué mon père. Que nous en finissions avec lui ensemble n'est que justice.

— Ensemble ? je demande.

Elle se fend d'un petit sourire et acquiesce.

— Ensemble. Je la regarde s'agenouiller pour s'emparer du couteau d'Igor et le tenir au-dessus de son cœur. Ses yeux sont écarquillés et effrayés mais il ne peut pas supplier pour qu'on lui laisse la vie sauve puisque je lui ai cassé la mâchoire. Il essaie de la bouger, sans y parvenir. Je m'agenouille à côté d'elle et enroule ma main autour de la sienne.

— A trois. Un, deux, trois.

Nous poussons ensemble et enfonçons le couteau dans le cœur de notre bourreau.

Le sang bouillonne dans sa bouche, coule sur le côté de son menton et tombe en petites flaques sur le sol.

Un coup de feu retentit, en une fraction de seconde, je vois la balle filer droit sur Vera. Je fais écran de mon corps et l'entoure de mes bras lorsque la balle me frappe en plein dos.

Nous tombons au sol, couverts du sang d'Igor et du mien.

— Andrei, crie Vera.

Elle reste au-dessus de moi, prend mon visage dans ses mains.

— Reste avec moi.

Je n'arrive pas à comprendre ce qu'elle dit. Tout ce que je sais, c'est qu'elle est stupéfiante. Un autre coup de feu me crispe, me ramène à l'instant présent.

À mon grand soulagement, Lyov a abattu l'homme qui m'a tiré dessus. Je me détends tandis que Roman entre précipitamment dans la pièce derrière lui. Il était temps que certains de mes hommes nous aident. Alexi arrive sur ces entrefaites, l'arme au poing. Ils sont tous couverts de sang et meurtris, ils sont sans doute tombés dans une embuscade tendue par les hommes d'Igor.

Vera est saine et sauve, c'est tout ce qui compte. Je regarde son visage baigné de larmes.

— Ne pleure pas. Tout va bien.

— Tu ne vas pas bien, dit-elle, la gorge nouée.

— Ne t'inquiète pas, Printsessa. Je m'en sortirai.

— On t'a tiré dessus, dit-elle en secouant la tête et en passant sa main sur la blessure.

— Roman me remettra sur pied en un rien de temps.

Alexi s'approche de nous et s'agenouille à côté de moi, il sourit à Vera.

— Il s'en sortira. Roman est le meilleur médecin que je connaisse.

— C'est le seul médecin que tu connaisses, Alexi, dit Lyov

— C'est pas faux.

Lyov s'approche.

— Essayons de le lever.

Alexi se met d'un côté, Lyov de l'autre, et m'aident à me relever. J'ai la tête qui tourne mais je peux marcher. Vera se glisse à mes côtés, m'entoure d'un bras et essaie de m'aider.

— Merci, Lyov. Sans toi, nous serions tous les deux morts.

Il me fait un signe de tête.

— Je vous en prie, monsieur.

— Vera, je te présente Lyov, l'un de mes espions.

— Enchantée, dit-elle.

Il grogne et hoche la tête, les yeux mi-clos.

— Vera est la fille d'Ivan Popov, je ne veux plus la garder comme esclave. Elle sera mon hôte, désormais.

Vera me regarde les yeux ronds.

— Pourquoi me relâcher après avoir payé si cher ?

Alexi s'avance et pose une main sur mon dos.

— Parce qu'il a un cœur d'or mais qu'il refuse que ça se sache, voilà pourquoi.

Je jette un coup d'œil à Lyov, qui en rajoute.

— Ne vous inquiétez pas, patron. Je le sais depuis des années, dit-il.

Roman s'approche.

— Monsieur, nous devons vous conduire en salle d'opération le plus tôt possible.

Vera me lâche à contrecœur, Lyov se met d'un côté et Alexi de l'autre.

— Roman, pars va Vera, lui dis-je.

— Bien monsieur, il s'incline et nous sortons du bâtiment.

La police sera bientôt là, mais elle ne nous arrêtera pas. Les inspecteurs nous regardent pendant que nous montons sur le trottoir et que nous nous dirigeons vers le SUV. On racontera qu'il s'agit d'une énième fusillade, et la presse ne révélera rien de la vérité.

Ils enregistreront les infiltrés comme étant Igor et ses hommes, ce qui est vrai pour une fois. Je grimace quand mes hommes m'aident à monter à l'arrière du SUV. Vera se glisse de l'autre côté et s'assoit plus près, presse une main contre mon front.

— Tu es brûlant, murmure-t-elle.

— Ça a peut-être quelque chose à voir avec tes mains sur moi, je murmure.

Elle secoue la tête, un sourire se dessine sur ses lèvres. Elle ne sourit pas souvent, mais cela illumine ma journée et réchauffe mon cœur quand c'est le cas.

J'espère la faire sourire tous les jours à partir d'aujourd'hui. Je glisse ma main droite derrière sa nuque et attire ses lèvres contre les miennes, je l'embrasse.

— Ma Vera, je souffle contre ses lèvres.

— Tout à toi, gémit-elle contre ma bouche.

L'entendre me dire qu'elle est à moi confirme ce que je savais depuis le début. Nous sommes faits l'un pour l'autre, deux âmes brisées qui se retrouvent de la manière la plus étrange qui soit. C'est drôle comme parfois, le destin peut vous jouer des tours.

18
VERA

Les larmes brûlent mes yeux en voyant Andrei disparaître en salle d'opération. Ses vêtements et la literie sont tachés de sang.

Ils lui ont tiré dessus près du cœur, la balle est encore logée à l'intérieur. Roman, le médecin de l'organisation, doit l'opérer pour l'extraire.

Je veux qu'on l'emmène à l'hôpital pour le soigner, mais c'est contraire au code de la Bratva.

S'il se rendait à l'hôpital, ils lui demanderaient comment il s'est fait tirer dessus. Il y a de fortes chances que ça se passe mal. Je refuse de le perdre.

Je m'affale sur l'une des chaises à l'extérieur et laisse ma tête tomber en arrière. Le stress, l'angoisse et la peur à l'état brut m'envahissent pile à cet instant.

Roman a même dit que l'opération pourrait durer jusqu'à deux heures, les deux heures les plus longues de toute ma vie.

— Vera, tu tiens le coup ? demande Alexi, suivi de Lyov.

Je souris à Alexi, un homme sympathique et bon ami d'Andrei. Lyov est froid et dur, je ne l'ai jamais vu sourire, pas une fois.

Je reporte mon attention sur la porte derrière laquelle Andrei a disparu.

— Pas trop.

Alexi s'assoit à côté de moi et pose une main sur mon épaule.

— Il va s'en sortir.

— Comment tu le sais ? je demande, en fixant ses beaux yeux noisette. Il hausse les épaules.

— Andrei s'en sort toujours.

Cela ne me rassure pas vraiment. Il y aura toujours une fois où Andrei ne s'en sortira pas. Lyov prend l'autre siège et croise les bras sur sa poitrine.

— Andrei tient à toi.

La phrase reste en suspens, et je me retourne. Alexi s'esclaffe.

— Il tient à elle ? Tu n'as pas vu comme il la regarde depuis la vente aux enchères ? Il l'adore, tu veux dire.

Mes joues s'échauffent en entendant Andrei. Lyov grommelle, son visage est indéchiffrable.

Alexi se lève et lui tape sur l'épaule.

— Le devoir m'appelle, tu peux tenir compagnie à Vera pour moi ?

Il me fait un clin d'œil. Lyov n'a pas l'air franchement ravi, mais il acquiesce. Un silence gênant s'installe pendant quelques minutes, jusqu'à ce qu'il le rompe.

— Vera, j'espère que tu veilleras sur lui.

Qu'il verbalise ce sentiment me surprend un peu.

— Bien sûr. Il a l'air un peu moins coincé. Andrei est un homme difficile à cerner, mais j'espère qu'il prendra le temps de vivre maintenant qu'il t'a rencontrée. Un sourire se dessine sur ses lèvres. Ce type ne s'est jamais attaché à personne, mais avec toi, c'est différent.

Je mordille ma lèvre inférieure, je ne sais pas quoi dire.

— Tu crois qu'Andrei s'en sortira ?

Lyov part d'un rire grave à côté de moi.

— Andrei a déjà subi pire qu'une blessure par balle et s'en est sorti.

— Il est en salle d'opération depuis un bon moment.

Lyov pose une main sur la mienne et la serre.

— Il y est depuis moins d'une demi-heure, et Roman a dit que l'intervention pourrait durer deux heures. Il secoue la tête. Et si on allait manger une pizza ? A notre retour, il sera sorti.

Je jette un coup d'œil entre Lyov et la porte. Le temps passerait plus vite, mais l'idée de quitter le bâtiment me rend malade.

— Je ne peux pas.

Il acquiesce et se lève.

— D'accord, je vais demander à quelqu'un d'aller chercher la pizza et de l'apporter ici.

Je ne peux m'empêcher de sourire en voyant l'ouverture d'esprit de l'espion froid et bougon. Il a toujours semblé si calme. Pour la première fois, je le vois s'adoucir et devenir plus humain que jamais.

Chaque fois que je l'ai observé dans la maison d'Andrei

ou avec lui, il semblait de pierre. Un homme froid et inébranlable, dépourvu de sentiments.

Il semble que la Bratva transforme les hommes en monstres, mais qu'en dessous, beaucoup ont encore un cœur.

— Merci, Lyov.

L'attente est éprouvante, le silence entre nous deux presque assourdissant. Notre pizza arrive, une distraction bienvenue pendant vingt minutes.

Je tape du pied non-stop sur le carrelage en jetant un coup d'œil sur l'horloge. Une autre heure passe et la porte s'ouvre. Roman sort, sa blouse maculée de sang.

— Il va bien et se repose.

Ouf, quel soulagement. Son regard s'attarde sur moi.

— Vera, il veut vous voir.

Je jette un coup d'œil à Lyov, qui me fait un signe de tête encourageant. Mes genoux tremblent lorsque je me lève, je me demande ce qu'il va me dire, j'ai l'estomac noué.

Me dira-t-il que je suis libre de partir ? Je ne veux pas le quitter, jamais.

Andrei est assis dans son lit d'hôpital, il a l'air épuisé et sa tête repose sur l'oreiller. Dès qu'il me voit, ses yeux bruns s'illuminent.

— Vera, viens ici.

Il me tend la main. Je m'avance et la lui prends, je ferme les yeux en sentant sa peau chaude et rugueuse contre la mienne.

— Tu vas bien, je murmure.

— Oui, je vais bien, dit-il en riant. Ne me dis pas que tu

es restée assise dehors tout ce temps à t'inquiéter ? demande-t-il, sourcils froncés

Je le fixe, je me demande quoi répondre.

— Évidemment, que je suis restée dehors à m'inquiéter.

Un homme que j'ai appris à adorer en si peu de temps a été blessé. J'attrape sa main et entrelace mes doigts aux siens.

— Roman a dit que la balle était proche d'une artère principale... je croyais...

Il prend mon visage dans sa main et j'arrête de parler.

— *Krasivaya,* écoute.

Je le dévisage un instant, attendant qu'il parle. Nous avons combattu côte à côte et tué mon oncle. C'est fini maintenant, et je ne suis plus son esclave. S'il me demande de partir, je ne supporterai pas la douleur.

— Tu t'es bien débrouillée aujourd'hui, dit-il en souriant. Tu es la fille d'un ancien *pakhan,* un homme que je respecte, même dans la mort. Tu n'es pas et n'as jamais été une esclave, Vera. Il secoue la tête. Comme tu le sais, je trouve la traite des esclaves déplorable.

Je sens les larmes me piquer les yeux pendant qu'il parle. La conversation prend une tournure qui me déplaît.

— Pourquoi tu pleures ? demande-t-il en essuyant les larmes de mes joues.

Je secoue la tête, la gorge nouée.

— Je te libère, mais je ne veux pas que tu partes, Vera. Il s'arrête un instant et déglutit. Je t'aime.

Les larmes coulent plus vite en entendant sa déclaration alors que j'essaie de maîtriser mes émotions. C'est impossible. Mes larmes se déversent comme un torrent en crue sur mon visage.

Il les essuie en me prenant le menton.

— C'est si terrible d'être aimée par moi ?

Je secoue la tête, la douleur me serre la gorge.

— Non... je...je t'aime aussi, Andrei.

Il prend ma main et me tire au bord du lit, passe sa main dans mon dos et je frissonne. La moindre de ses caresses, quelle que soit la situation, me met le diable au corps.

— Tu es si belle, Vera. Sa main attrape ma nuque d'un geste possessif, m'attire vers lui. Je gémis quand il m'embrasse langoureusement. Et si insatiable, dit-il en souriant contre ma bouche.

— Tu ne devrais pas m'embrasser, mais te reposer.

Je m'éloigne et me mets à bonne distance de lui sur le lit d'hôpital. Il essaie de m'attraper, mais je m'installe sur le siège à côté de son lit, croise une jambe sur l'autre.

— Tu joues les insaisissables ? demande-t-il, interloqué.

— Repose-toi, Andrei, dis-je en essayant de rester sérieuse.

— Et si je me reposais et que tu me chevauchais ? propose-t-il en riant. Il écarte ses couvertures pour dévoiler son caleçon plus que tentant.

Je ne peux pas nier que la simple vue de son sexe fait battre mon cœur plus vite, mais je ne suis pas bête. Il vient de subir une intervention chirurgicale.

— Je vois que tu y penses, me taquine Andrei.

— Aucune chance. Je croise les bras sur ma poitrine.

Tu dois te reposer. Tu veux que j'aille te chercher à manger ou à boire ? je demande en me levant.

Andrei ne me lâche pas, il m'attrape la main et me tire vers lui. Je remarque que la pression qu'il exerce sur sa blessure lui arrache une grimace.

— J'ai envie que tu m'embrasses.

Je l'embrasse doucement, un baiser chaste, en essayant de le tenir à distance. Andrei ne me lâche pas et approfondit le baiser, sa langue demande à entrer.

— Andrei, dis-je dans une tentative d'avertissement qui s'apparente plus à un gémissement.

Roman se racle la gorge derrière nous, ce qui l'oblige à me relâcher.

— Qu'est-ce que vous fabriquez, Andrei ?

Je recule en trébuchant lorsqu'il me lâche.

— Il a refusé d'écouter, dis-je, les joues rouges. Roman émet un petit rire et se rapproche de moi.

— Non, Andrei peut être un sacrément têtu, quand ça lui prend.

Les yeux d'Andrei lancent des éclairs.

— Fais gaffe. Je suis peut-être cloué au lit pour l'instant, mais je n'oublierai pas que tu m'as manqué de respect, grogne-t-il.

Il hausse un sourcil et soupire.

— Désolé, monsieur, je vous avais dit de vous reposer.

La fureur qui se lit sur les traits d'Andrei me fait presque peur. C'est peut-être un homme au cœur tendre, mais aussi le *pakhan* ultra-violent de la mafia new-yorkaise. Je ne pourrai jamais l'oublier, même si je le veux.

Le sérieux se craquèle et il sourit.

— Je sais, mais Vera m'a manqué. Il me fait un clin d'œil avant de tourner son regard glacial vers son médecin. Mais ne me parle plus jamais sur ce ton, Roman.

Il est toujours auréolé de cet air de pouvoir. Même Roman, qui semble amical, le craint. La vie serait plus facile si nous étions tous les deux des gens ordinaires, sans subir le mode de vie de la Bratva, une vraie épée de Damoclès au-dessus de nos têtes.

Beaucoup s'interrogeront sur le choix d'Andrei d'être avec moi, puisqu'il m'a achetée comme esclave dans une vente aux enchères, quelle que soit mon ascendance.

Roman acquiesce aux instructions de son patron.

— Je suis désolé, Monsieur, avant de s'incliner et de nous laisser seuls.

— Pourquoi agis-tu ainsi ? je demande, en penchant la tête de côté.

— Comment ça ?

Ma question l'agace ?

— Tu es extrêmement dur et sans pitié avec tes hommes.

Ses sourcils se froncent.

— Je suis le *pakhan* de ma confrérie. Mes hommes doivent à la fois me craindre et me respecter. Il secoue la tête. Dans le cas contraire, je cours un risque.

Je soupire, je ne comprends pas la politique de la Bratva et le code qu'ils suivent. Mon père était un *pakhan* mais il nous a tenus à l'écart, mes frères et sœurs et moi. Je ne suis pas sûre que ma mère ait su grand-chose de ce qu'il faisait ou de qui il était quand il n'était pas avec nous.

— Je ne comprends pas.

Andrei me serre la main.

— Tu comprendras avec le temps, j'ai l'intention de te garder auprès de moi très longtemps.

Je souris, reconnaissante que l'homme dont je suis tombée amoureuse m'aime aussi. L'autre solution aurait été douloureuse.

— Dis-moi, je sais que c'est un moment bizarre pour poser la question mais tu prends la pilule ?

Mon estomac se noue et mes yeux s'écarquillent. *Merde.* Quand on a couché ensemble, je n'ai même pas songé aux conséquences, j'étais trop prise dans l'engrenage.

— Non, j'aurais dû te le dire. Je…

Andrei attrape mon menton et me rapproche à nouveau.

— Tant mieux, je veux que tu tombes enceinte le plus vite possible.

Sa déclaration m'étonne et je ne sais pas ce que je dois en penser. J'ai toujours voulu être mère un jour, avant la mort de ma famille.

Après, j'ai vécu en mode pilote automatique. La vie après avoir tué l'homme qui a assassiné ma famille n'est jamais rentrée en ligne de compte.

19
ANDREI

Avec l'aide d'Alexi et de Lyov, j'ai préparé le toit-terrasse pour la soirée. Une table avec des bougies allumées et des pétales de rose. Je n'ai jamais fait confiance à mon espion, mais Lyov s'est révélé bien plus fiable que je ne le pensais.

Vera s'est prise d'affection pour lui, ce qui m'a conforté dans mon opinion.

Ce soir est important pour nous deux. Trois mois se sont écoulés depuis que nous avons tué son oncle. Vera a insisté sur le fait qu'elle voulait le tuer, et elle l'a fait, avec mon aide. Je ne dirais pas que j'ai aimé qu'elle soit impliquée dans son meurtre, elle n'avait jamais tué auparavant.

J'ai dû l'écouter. Elle a découvert ses parents, son frère et sa sœur assassinés dans le torrent qui traversait le terrain de la maison familiale.

Je sors mon téléphone de ma poche et envoie un message à Vera.

Moi : Monte sur le toit. Je t'attends.

Il ne s'écoule que quelques secondes avant que mon téléphone ne vibre à nouveau.

Vera : Je me demandais où tu étais. J'arrive.

Je fais les cent pas, nerveux à l'idée de la voir. La porte s'ouvre et elle reste figée en me voyant en costume, la table dressée. Elle porte un déshabillé de soie noir sexy avec des détails en dentelle. Son visage est naturel, sans maquillage, comme je l'aime.

— Qu'est-ce qui se passe ? demande-t-elle en jetant un coup d'œil sur le toit.

Je m'approche d'elle, attrape sa main et mets un genou à terre.

— *Krasivaya*, je t'aime plus que tout au monde.

Ses yeux deviennent brillants et humides de larmes, elle pose sa main contre sa poitrine.

— Je veux faire de toi ma femme.

Je glisse ma main dans ma poche et sors l'écrin qui contient un solitaire simple mais de belle taille. J'ouvre le couvercle sans quitter des yeux ses prunelles émeraude tandis que des larmes coulent sur son visage.

—Veux-tu m'épouser ? je lui demande, en tenant la bague de fiançailles à l'extrémité de son annulaire.

Elle me dévisage un instant, me laisse dans l'expectative pendant probablement une petite seconde, mais le temps s'écoule extrêmement lentement à cet instant précis.

— Oui, dit-elle en fondant en larmes. Je t'aime, Andrei.

Je souris et lui passe la bague au doigt, je me lève d'un bond et la soulève. Elle rit quand je la fais tournoyer sur elle-même avant de la reposer sur ses pieds.

Je pose ma main sur la bosse de son ventre, elle est enceinte de trois mois. J'ai été surpris d'apprendre que je l'avais mise enceinte l'une des premières fois que nous avons baisé, mais c'est ce que je voulais.

— Comment vas-tu ?

Elle sourit et referme sa main sur la mienne.

— Incroyablement bien, je n'ai jamais été aussi heureuse.

Je l'embrasse mais elle s'agrippe à mon cou, approfondit le baiser. Effrontée et en manque, elle gémit dans ma bouche.

Nous nous séparons, tous deux haletants, ses joues sont rouges. Je jette un coup d'œil à la table et aux couverts d'argent qui nous attendent.

— Prête à passer à table ? je lui demande, en remarquant ses tétons durs comme la pierre à travers son déshabillé de soie qui ne cache pas grand-chose.

— Non, j'ai envie de toi maintenant.

Elle passe sa main sur sa poitrine et tripote ses tétons, je perds mon sang-froid.

J'attrape sa main et la tire vers la porte par laquelle elle est entrée.

— On réchauffera le dîner plus tard. Je dois te montrer quelque chose.

Je l'entraîne dans ma chambre, j'ouvre la porte et je me dirige vers la bibliothèque placée contre le mur le plus éloigné. Je prends le livre et la porte s'ouvre.

Vera tressaille, les yeux brillants de curiosité, et s'approche.

Je lui tends la main.

— Viens ici.

Elle s'avance vers moi. Ses yeux s'écarquillent en découvrant ma salle des plaisirs.

— Pourquoi avoir gardé le secret ?

Je hausse les épaules.

— Je me remettais de ma blessure par balle et je n'avais pas envie de jouer. J'attrape ses hanches et j'y enfonce mes doigts. Sans compter que je ne voulais pas brûler les étapes, je lui murmure à l'oreille.

Elle lèche sa lèvre inférieure et je la libère, je la regarde découvrir la pièce. Elle passe sa main sur le banc de bondage, j'ai toujours voulu la voir attachée là-dessus depuis notre rencontre.

— Tu as envie de t'amuser ?

Ma voix est subitement rauque. Elle se tourne vers moi et pose son doigt contre ses lèvres, soudain mutine.

— Hmm... Je ne sais pas trop. Il va falloir me convaincre.

Défi accepté.

Je m'approche, pose mes mains sur ses hanches et l'attire vers moi.

— Vraiment, Mlle Popov ?

Je laisse ma main glisser sous son déshabillé de soie sexy et le remonte sur ses hanches.

— Je ne pense pas que ce soit nécessaire.

Je lui donne une fessée douce mais ferme, elle tressaille et gémit quand je pétris l'autre fesse avant de la frapper avec la même vigueur.

— Andrei, dit-elle d'une voix aguicheuse.

— J'aimerais essayer quelque chose, je chuchote.

Elle mordille sa lèvre et me jette un coup d'œil.

— Quoi ?

Je lui administre une nouvelle claque sur les fesses.

— Pas de questions. Si besoin, le mot de passe est toujours *rouge*.

Je lui enlève son déshabillé en le faisant passer par-dessus la tête et le jette de côté.

Ses yeux s'ouvrent tout ronds lorsque je la soulève et la porte vers le banc. Je la force à s'agenouiller et commence par lui attacher les mollets.

Un désir bestial et viscéral de la mettre dans cette position me tenaille depuis notre rencontre. Je fixe les sangles autour de sa taille avant de passer à ses poignets et de les serrer.

Elle me regarde, un mélange de peur et de désir se lit dans ses merveilleux yeux verts.

— Qu'est-ce que tu me réserves ? Ses lèvres s'entrouvrent et ses joues rougissent à cette question.

— Attends de voir, Printsessa. Je saisis son menton et presse mes lèvres contre les siennes, je l'embrasse avec ardeur.

Elle gémit dans ma bouche tandis que je mords sa lèvre.

Je me tiens derrière elle un moment, je mémorise le spectacle de ma fiancée attachée jambes écartées pour mon plaisir.

Sa chatte est déjà trempée. Mon regard se porte sur son merveilleux anus serré, que je n'ai toujours pas défloré. Ma bite dure comme de l'acier dans mon caleçon s'efforce de se libérer. Je m'approche et tripote ses fesses.

Elle frissonne et pousse un gémissement, ignorante de ce que je vais lui faire. Le besoin de voir son cul se parer de rouge vif me pousse à lui asséner trois roustes vigoureuses sur chaque fesse. Ses cuisses frémissent, elle mouille encore plus.

Je lui colle une autre fessée jusqu'à ce qu'elle soit rouge et haletante, et dégouline de partout. Ma verge est tellement dure qu'elle me fait mal, mais je ne suis pas encore prêt à la baiser.

Je me mets à genoux et j'écarte ses lèvres avec ma langue, je goûte ce doux nectar entre ses cuisses.

— Andrei, gémit-elle.

J'adore l'entendre supplier. Je masse ses fesses tout en me délectant de son excitation. Elle tressaille quand ma langue fait le tour de son clitoris, avant de se frayer un chemin jusqu'à son vagin. Je la sens se crisper quand je lèche son cul, l'encercle avant de sonder les muscles tendus.

— Oh, mon Dieu...

Je baise son orifice avec ma langue, je lui procure le plaisir dont je rêve depuis notre rencontre.

Elle pousse un cri quand j'introduis mes doigts dans son vagin tout en léchant son cul. Au fond d'elle, la pression monte déjà. La parfaite petite esclave.

— Andrei, je vais...

Je lui administre une bonne fessée et tout son corps frémit.

— Ne jouis pas sans ma permission, ma chérie, je susurre en empoignant ses fesses cramoisies à pleines mains.

— Putain, dit-elle en essayant de retenir l'orgasme qui menace d'exploser.

J'arrête de masturber sa chatte et je me contente de taquiner sa vulve avec ma langue. Lorsque ses cuisses et son cul s'arrêtent de frémir, j'enfonce à nouveau mes doigts et lui arrache un gémissement. J'aime jouer avec son corps comme avec un instrument, la faire vibrer et m'arrêter pour qu'elle soit sur le fil du rasoir.

Je retire mes doigts de sa chatte et j'encercle son orifice étroit et interdit à l'aide de mon doigt. Vera se crispe. J'attrape un flacon de lubrifiant sous le banc et j'asperge son cul avec, la sensation la surprend, le désir de la sodomiser est dévorant.

Mon doigt glisse à l'intérieur de son orifice et elle frissonne. C'est tellement serré.

— Andrei, qu'est-ce que tu...

Je lui donne une fessée et elle pousse un cri.

— Pas de questions. Détends-toi et profite, lui dis-je.

Sur mon ordre, elle se calme, la tension s'évanouit de ses épaules et de son dos. Je rajoute du lubrifiant sur ses fesses et je glisse un autre doigt à l'intérieur.

Ma bite goutte dans mon pantalon à l'idée de la sodomiser avec ma bite.

— Tu aimes ça, *Krasivaya* ?

Elle hoche la tête, marmonne des paroles incohérentes en guise de réponse.

Je lui donne une fessée de ma main libre.

— Réponds-moi.

— Oui, monsieur, crie-t-elle en frémissant à nouveau.

Elle est sur le point de jouir, mais je ne lui ai pas encore donné la permission.

— Andrei, s'il te plaît, j'ai besoin de...

Je lui administre une nouvelle fessée et prononce les trois mots qu'elle attendait depuis longtemps.

— Jouis pour moi.

Son orgasme est intense et puissant, entre temps, je continue de doigter son orifice anal. Son corps tremble et s'agite autant que le permettent les entraves du banc.

Je glisse un troisième doigt dans son orifice alors qu'elle se relâche, permet l'invasion plus librement. Je retire mes doigts et m'approche de son visage, je dégrafe mon pantalon et sors mon sexe.

Vera me regarde avec les yeux dans le vague, les joues rouges, complètement ailleurs. *Bon sang*. Cette femme est une véritable œuvre d'art.

Elle se lèche les lèvres pendant que je baisse mon caleçon, ma bite se dresse devant elle, un centimètre trop loin. Vera essaie désespérément de l'atteindre en tirant la langue vers le bout, une scène sexy que je tiens à garder en mémoire.

— Tu veux sucer la bite de ton fiancé ?

Elle hoche la tête, tout en gardant la langue tendue.

— Ouvre grand.

Elle fait ce que je dis et j'introduis ma verge dans sa bouche, je pousse un gémissement en sentant sa langue chaude et humide sur le dessous de mon sexe. Des éclaboussures chaudes de sperme nacré coulent du gland jusque sur sa langue, elle marmonne en refermant ses lèvres sur ma queue.

J'agrippe fermement ses cheveux et j'enfonce ma bite profondément dans sa gorge, j'aime la sentir se détendre et respirer par le nez. Le bruit humide de mon sexe dans sa gorge me rend fou, je laisse chaque centimètre glisser dans sa bouche, en maintenant son nez contre mon bas-ventre.

Elle s'étouffe et je la lâche, la salive dégouline sur ma verge et sur le banc. Les larmes lui montent aux yeux et elle s'approche de moi en ouvrant la bouche. Cette femme est la perfection incarnée.

Je me faufile à nouveau dans sa gorge, la laisse avaler ma bite et mon sperme. Elle dévore ma queue comme une affamée. Son corps se plie à ma volonté.

Elle gémit en signe de protestation quand je retire mon membre de sa bouche et que je m'éloigne. Je me penche et l'embrasse, ma langue se mêle à la sienne.

— Il est temps pour moi de te pénétrer.

Ses yeux s'illuminent d'un désir brûlant qui fait se contracter mes couilles. Je me place derrière elle, face à sa chatte trempée. Elle pousse un cri quand je pénètre à fond son sexe de rêve, j'aime sa façon de m'enserrer, comme si elle refusait que je quitte son corps.

Je grogne en effectuant des mouvements de va et vient, je la baise à couilles rabattues, elle adora ça, son corps se plie à mes quatre volontés. Je donne une tape sur ses fesses déjà rouges, et tout son corps tressaille sous l'effet de soubresauts.

— Oh mon Dieu, crie-t-elle, elle jouit si fort sur ma queue que j'ai du mal à retenir, mais je le dois.

Je me retire et défais les sangles de ses jambes, de sa

taille et de ses bras. Elle reste immobile pendant que je la soulève et la porte jusqu'au lit placé au milieu. Ses mains caressent la literie imperméable pendant que j'attache les sangles autour de ses jambes et de ses poignets. J'attrape la barre d'écartement rangée sur le côté du lit pour la fixer à ses jambes.

Ses yeux s'écarquillent lorsqu'elle comprend qu'elle ne peut absolument pas serrer les cuisses.

— Oh...

— Je vais te sodomiser, dis-je, en me branlant et en enduisant mon sexe de lubrifiant. J'en mets un peu sur l'orifice de Vera, parfaitement orienté dans ma direction grâce à la barre d'écartement. Détends-toi, je murmure en me penchant pour l'embrasser longuement et goulument. Ma bite repose sur son orifice prêt et palpitant.

— Sodomise-moi, Andrei, gémit-elle en se tortillant sous moi.

Je gémis dans sa bouche et m'assois sur mes talons, je présente ma bite devant son anus boursouflé. La barre d'écartement la maintient inclinée vers moi, sa chatte tendue dégouline, une scène que je n'ai imaginé que dans mes fantasmes les plus fous depuis le jour de notre première rencontre.

J'enfonce ma bite en elle, son anus super serré s'étire autour de mon gland palpitant. — Dieu du ciel, je marmonne en fermant les yeux et en essayant de me préparer à l'étroitesse de son corps.

Mes mains s'agrippent à ses cuisses et je la pilonne plus ardemment, je m'enfonce centimètre par centimètre. Elle gémit, lèvres ouvertes et yeux fermés.

— Regarde-moi, Vera, lui dis-je.

Ses paupières s'entrouvrent, son regard est si empreint de désir que je manque éjaculer, de me vider jusqu'à la dernière goutte. Je serre les dents et la pénètre tellement à fond que mes couilles reposent contre sa peau.

Elle gémit, ses cuisses frémissent.

— Baise-moi, Andrei, râle-t-elle, d'une voix différente et rauque.

Je lui laisse le temps de s'habituer à cette nouvelle sensation, en la baisant lentement. Sa tête retombe sur le banc tandis qu'elle regarde ma bite entrer et sortir de son orifice étroit.

— Tu es tellement serrée, je gémis en taquinant son clitoris entre le pouce et l'index.

— C'est trop bon, souffle-t-elle, les yeux fermés.

Je lui donne une tape sur la cuisse.

— Regarde-moi pendant que je te sodomise, je lui ordonne.

Ses yeux émeraude s'ouvrent et rencontrent les miens.

— Sodomise-moi, Andrei, s'il te plaît, supplie-t-elle.

Sa supplique libère la bête en moi. Je rugis et imprime des coups de bassin, j'entre et je sors de son orifice serré à un rythme débridé.

— À moi, pour toujours, je grogne en regardant la belle créature soumise attachée rien que pour moi.

Ma bite s'enfonce dans son trou serré et froncé, tandis qu'elle gémit et rougit encore plus.

— Si grosse, si bonne, murmure-t-elle.

Mes doigts taquinent à nouveau son clitoris, elle va

jouir à nouveau. J'adore la façon dont elle jouit et la facilité avec laquelle je commande ses orgasmes.

— Je veux que tu jouisses pendant que je suis au fond de ton cul, je grogne en cognant ses cuisses et en la pénétrant avec toute la passion, l'amour et la fureur qui m'habitent à ce moment-là.

Ma fiancée enceinte jouit sur mon ordre, me permet de baiser la zone la plus intime et la plus interdite de son corps.

— Putain, je vais jouir, s'écrie-t-elle, les yeux fermés sous la pression de l'orgasme sur le point de déferler.

— Ouvre les yeux, lui dis-je.

Elle s'exécute, les yeux dilatés par le plaisir, moi-même sur le point de jouir.

— Je veux te regarder dans les yeux quand tu jouiras avec ma bite dans ton cul.

— Putain.

Son corps convulse et sa prise se resserre sur ma bite, il m'est impossible de ne pas jouir.

J'éjacule tout au fond de son cul pendant son orgasme. Nous sommes tous les deux essoufflés et haletants alors que je continue de faire entrer et sortir ma bite, jusqu'à ce que je sois sûr que mes couilles sont vides et qu'elle soit revenue sur terre.

Je me retire et l'attire contre ma poitrine, la serre contre moi. Quelques instants de silence idyllique s'installent entre nous avant qu'elle ne le rompe.

— Je ne comprends pas pourquoi nous n'avons pas été dans cette pièce avant , dit-elle.

Je ris, entrelace mes doigts aux siens et les porte à ma bouche. J'y dépose un baiser.

— Tout vient à point qui sait attendre.

Elle bâille. — J'ai hâte de recommencer.

Ma bite tressaille d'excitation. Nous ne sortirons pas de cette pièce ce soir.

20
ÉPILOGUE
VERA

Deux ans plus tard...

Le vaste océan s'étend devant moi alors que je suis assise sur la plage de la petite crique, sur le sable blanc et doux. Les rayons roses du soleil pointent à l'horizon, nimbent le ciel d'une fabuleuse aquarelle de rose pastel et de jaune dans l'obscurité du crépuscule.

J'ai l'impression de contempler un vrai chef-d'œuvre. Sainte-Lucie est l'endroit le plus fabuleux que j'aie jamais vu. Je n'ai jamais aimé le bord de mer, mais je pourrais m'habituer à me réveiller ici *tous* les matins.

Quand j'ai perdu ma famille, je ne pouvais pas dormir sans être réveillée par de terribles cauchemars. Cinq ans plus tard, cela devient plus facile grâce à un homme.

— Tu t'es levée tôt, Printsessa, dit Andrei derrière moi, qui m'appelle toujours Princesse en russe. Mais je ne suis plus la seule fille qu'il appelle princesse.

— Je devais voir le lever du soleil. Je me retourne et souris à l'amour de ma vie, qui s'avance vers moi en caleçon. Un homme sans lequel je ne peux plus imaginer ma vie. Elle dort ?

Il s'assoit à mes côtés et pose sa main au bas de mon dos.

— Oui, et Elena est dans la chambre d'à côté si elle se réveille. Il dépose un baiser sur mon front. Tu t'inquiètes trop.

Amelia, notre fille, a maintenant un an et demi. Il a raison. Je m'inquiète trop. Je n'aurai jamais imaginé qu'aimer quelqu'un autant que notre fille ou Andrei génèrerait autant d'inquiétude.

Après avoir perdu tous ceux qui comptaient pour moi, j'ai de nouveau des gens à perdre. Elena est notre nounou, elle nous aide la nuit à veiller à ce qu'Amelia dorme, et nous aussi.

Andrei gravite dans un univers dangereux et criminel, nous serons toujours en danger.

— Je n'y peux rien.

Il pose sa main sur mon ventre gonflé et dépose un baiser sur ma joue.

— Il a donné des coups de pied ce matin ?

— Un peu... Je crois qu'il est presque prêt à sortir.

J'aimerais bien, car être enceinte n'est pas une partie de plaisir.

Andrei secoue la tête.

— Je veux qu'il naisse sur le sol américain, pas à Sainte-Lucie.

— Il nous reste trois mois avant mon accouchement, dis-je en souriant.

— Que dirais-tu d'une baignade matinale ?

Je jette un coup d'œil à mon mari, en penchant la tête sur le côté. Ses yeux brûlent de désir. Depuis qu'il m'a mise enceinte pour la deuxième fois, il est plus insatiable que jamais. Je me mords la lèvre inférieure.

— Je n'ai pas de maillot de bain.

Il cligne des yeux et grommelle,

— Tant mieux, je te veux nue.

Je jette un coup d'œil vers le bas et remarque son sexe en érection pressé contre son boxer moulant. Je me lèche la lèvre avant de me lever d'un bond.

Il me regarde pendant que je passe ma chemise de nuit par-dessus ma tête, révélant mon corps nu et mon ventre arrondi. Je me retourne et marche à reculons vers la mer. Son regard s'assombrit tandis que je m'éloigne sans un mot.

Je sens qu'il me suit alors que je me retourne et que j'entre dans l'eau. Les vagues lèchent mes pieds, la sensation rafraîchissante me fait soupirer d'aise. Depuis que je suis enceinte, j'ai toujours chaud et constamment mal aux pieds. En outre, la température n'est jamais descendue en dessous de vingt-sept degrés depuis notre arrivée.

Des bras puissants entourent le bas de mon abdomen, juste sous mon gros ventre, il m'embrasse dans la nuque. Sa grosse bite raide repose entre mes jambes, je suis subitement super excitée, je mouille.

— Tu es une pure merveille, gémit-il contre ma peau.

Il m'emmène plus loin dans l'océan, jusqu'à ce que l'eau

recouvre mon ventre rond. Mes mamelons sont dressés alors qu'il nous fait avancer dans l'étreinte tiède de l'océan. Je me tourne, enroule mes bras autour de son cou et mes jambes autour de sa taille.

L'eau me porte tandis que sa verge se glisse entre mes cuisses. Je gémis en cambrant le dos et en appréciant la sensation intime de lui derrière moi dans l'eau. C'est si naturel.

— Je vais te baiser, Printsessa, murmure-t-il à mon oreille, en me suçant le lobe.

— Oui, Andrei, baise-moi.

Il gémit, glisse ses mains sur mes hanches et guide l'extrémité de sa bite jusqu'à mon orifice.

J'attends, je m'attends à ce qu'il s'enfonce centimètre par centimètre, bien profond et sans ménagement. Au lieu de cela, il taquine mon clitoris avec sa bite, son gland dilaté le frappe sans relâche. Nous sommes seuls au monde sur la plage privée en contrebas de notre villa, sur la colline.

— Tu me taquines, je murmure.

Il mord ma lèvre inférieure, assez fort pour me faire mal.

— Tu adores ça.

Le bout de ses doigts griffe mes fesses suffisamment profondément pour laisser des marques.

Je sursaute lorsqu'il suce ma langue et la mord. Tout est bon pour me faire ressentir cette douleur qui m'enflamme et me fait fondre dans ses bras en même temps.

Il me pénètre sans crier gare, sa bite s'enfonce le plus profondément possible d'un seul coup de rein.

Ma tête tombe en arrière et je gémis, j'aime la façon dont il me dilate. Il plante ses dents dans ma clavicule et me fait monter et descendre sur son sexe dans l'eau, ses jambes musclées bien à plat sur le fond sablonneux.

— Tu es super serrée, gémit-il en me baisant lentement et brutalement.

Je gémis à chaque coup de rein, m'agrippe à ses épaules, rebondis plus vite sur sa bite.

— C'est moi qui commande, grogne-t-il en m'agrippant les hanches et en m'obligeant à ne plus bouger, sa verge en moi.

— Oui, monsieur, je gémis en l'embrassant. Le désir en moi gronde et brûle si fort que je sais qu'il ne s'éteindra jamais. Le passage du temps n'éteindra pas ma passion brûlante pour cet homme.

Il suce ma langue, lutte pour le contrôle et me poussant à me soumettre.

— Comment ai-je eu autant de chance ? demande-t-il en gémissant dans ma bouche.

C'est une question que je me pose tous les jours. Comment ai-je eu la chance de trouver un homme qui m'aime à ce point ?

Je relâche ma prise sur ses épaules et lui permets de me prendre, je me soumets. Il aime la lutte initiale lorsqu'il me force à obéir, me contraint à me plier à sa volonté.

Il y a quelque chose de tellement satisfaisant à le laisser prendre le contrôle lorsque nous faisons l'amour. Il me fait sentir désirée, quand il me possède de façon bestiale.

Je me mords la lèvre lorsqu'il passe la main entre nos

deux corps et branle mon clitoris, un frémissement me parcourt.

— Putain, je gémis en m'agrippant à nouveau à ses épaules.

Le soleil se lève au-dessus de la mer, des taches de lumière nimbent l'océan. La peau bronzée d'Andrei semble presque dorée lorsque le soleil levant illumine son visage.

Qui aurait cru que l'amour pouvait être aussi bon ?

Il me porte vers le fond de la crique et s'appuie sur un rocher sous l'eau. Je pousse un cri lorsqu'il se glisse hors de moi et que sa queue touche mon orifice anal.

— Andrei, nous n'avons pas de lubrifiant.

Il grogne, glisse ses doigts à l'intérieur et répand mes fluides dans mon cul. Je gémis pendant qu'il me doigte, qu'il essaie de me préparer. Un feu brûle dans ses yeux. Il a perdu le contrôle, peu importe ce que je dis, il continue sur sa lancée, un mâle dominant qui ne me ferait jamais de mal, mais qui peut perdre le contrôle de ses pulsions.

— Putain, Andrei, dis-je alors qu'il glisse trois gros doigts dans mon cul, me remplit d'un plaisir différent.

— Ne t'inquiète pas, je ne vais pas te sodomiser. Il me mord le lobe de l'oreille. Je veux juste le doigter pendant que je te baise, grogne-t-il en m'attirant sur ses genoux. Son sexe en érection s'appuie contre mon vagin, je suis ivre de désir.

Son énorme bite à l'entrée de mon vagin. Il glisse à l'intérieur, me remplit complètement, ses doigts dans mon trou du cul et sa bite dans ma chatte.

— Chevauche-moi, grogne-t-il.

Je fais ce qu'il dit, je chevauche sa verge tandis qu'il garde trois doigts enfoncés dans mon cul, une sensation excitante qui me fait grimper au septième ciel. Il suce mes tétons pendant que je monte et descends. Il y a tellement de sensations que je n'arrive pas à toutes les enregistrer, elles se fondent en une extase paradisiaque.

Cet homme m'arrache des orgasmes comme on respire, mon orgasme va crescendo. Ma vision se brouille tandis que je monte et descends sur sa queue de plus en plus fort et de plus en plus vite. Ses doigts continuent leurs va et vient dans mon cul.

— Putain, Andrei, je gémis, je force mes lèvres à se coller aux siennes et plonge dans sa bouche avec un désir fou.

Sa bite dure comme de la trique pulse et palpite en moi tandis qu'il s'enfonce profondément. Chaque coup de rein fait mouche et m'envoie au paradis. Chaque pénétration, c'est le paradis. J'aimerais pouvoir vivre ainsi, remplie et dilatée par lui.

Chaque coup de bite fait grimper mon plaisir d'un cran, le plaisir s'intensifie à chaque mouvement de piston de ses doigts dans mon cul. Je gémis quand la chaleur m'envahit, quand le désir fou de basculer me tenaille.

Andrei retire ses doigts de mon orifice et taquine mon mamelon, tout en suçant l'autre.

— Oh oui, je vais jouir, je crie et monte et descends de plus en plus vite sur sa queue.

Il continue de sucer et de mordiller mes tétons durcis, il me rend folle. Mon sexe se resserre autour de lui. Le feu brûlant et rageur d'un orgasme m'envahit rapidement. Il empoigne mes fesses avec possessivité et me tringle encore plus fort et plus vite, me baise à couilles rabattues.

Il mord ma clavicule et grogne comme un animal en expulsant son sperme au plus profond de moi, y laisse sa marque comme toujours. Nous sommes haletants et essoufflés. Andrei se repose contre le rocher dans l'eau tandis que les vagues s'écrasent autour de nous.

Ses yeux sombres brûlent d'un amour et d'un désir tels que mon cœur se serre.

— Tu es la perfection incarnée, murmure-t-il en glissant sa main derrière ma nuque et en m'embrassant tendrement, sa tendresse contraste avec la sauvagerie avec laquelle il m'a baisée il y a quelques instants.

— Printsessa, murmure Andrei en posant son front contre le mien et en respirant contre mes lèvres.

La douleur de mon passé est emportée par les vagues qui nous enveloppent. Nous nous guérissons et nous nous réparons mutuellement au fil des jours. Andrei me donne une raison de vivre. La vie n'est plus une question de vengeance, l'objectif est de construire une famille avec l'homme sur les genoux duquel je suis assise.

Je serai toujours sa Printsessa, et il sera toujours mon sauveur.

FIN

* * *

Merci d'avoir lu Vendue, le premier tome de la série Bratva de New York. J'espère que l'histoire d'Andrei et Vera vous a plu.

Découvrez Lyov, son espion, dans le prochain tome, le livre sera disponible sur Kindle Unlimited ou Amazon à une date a confimer.

Capturée: une mafia romance

Une guerre fait rage et je me retrouve au milieu.

Mon père a eu des démêlés avec la mafia de New York, l'un des espions de cette mafia m'a enlevée.

Lyov est musclé, tatoué et magnifique.

Il est aussi silencieux et taciturne.

Il ne me parle pas.

Il me regarde à peine.

Les rares fois où ses yeux se posent sur moi, ils brûlent d'un sombre désir.

Je dois m'échapper. Sinon, je finirai par être un dommage collatéral.

Alors, pourquoi j'ai envie de rester ? Encore plus quand il me touche.

Je ne peux pas ignorer ce que cet homme me fait ressentir.

Nous sommes de deux côtés opposés, je sais que ça ne peut pas marcher.

Notre attirance pourrait mener à la destruction, mais mon cœur refuse de renoncer.

CAPTURÉ EST le deuxième livre de la série Bratva de New York. Une histoire qui ne vous laissera pas sur votre faim, avec happy end et zéro tromperie. Scènes torrides, sujets sensibles et langage vulgaire au menu. Comme dans la plupart de mes ouvrages, mâle alpha possessif et dominateur au programme.

LISTE DE DIFFUSION

Si vous aimez lire des histoires de mâles alpha possessifs, de héros sombres et de romans mafieux, alors profitez de ma novella gratuite.

L'Empire Of Chaos est une novella de 46 000 mots et est une préquelle de La Mafia De Boston, qui suit l'histoire d'amour des parents de Mikhail et Nataly Gurin.

Rejoignez ma liste de diffusion et recevez gratuitement L'Empire Du Chaos, Cliquez ici pour vous inscrire dès maintenant !

DU MÊME AUTEUR

Il Était Une Fois Un Méchant

Orgueil: Une Romance Sombre de Mariage Arrangé

La Syndicate Academy

Enseignant Corrompu: Romance Interdite au Coeur de L'académie de la Mafia

Tyran Cruel: Romance D'ennemis à Amants au Coeur de L'académie de la Mafia

Leçons immorales: Romance Interdite au Coeur de L'académie de la Mafia

Jeu Déloyal: Romance D'ennemis à Amants au Coeur de L'académie de la Mafia

Le Mafia De Chicago

Le Défenseur Sans Pitié: Une Romance Interdite Sombre Mafia

Le Chef Violent: Romance D'ennemis à Amants Sombre Mafia

Le Prince Sadique: Une Romance Sombre de Mariage Arrangé

Le Maître Brutal: Une Sombre Romance Mafieuse Captive

Les Vœux Cruels : Mariage Forcé au Cœur de la Mafia

Le Secret Inavouable: Une Romance Interdite Sombre Mafia

La Couronne Obscure: Mariage Forcé au Cœur de la Mafia

Le Mafia De Boston

Maître Cruel: Une romance sombre mafia mariage arrangé

Maître Sauvage : Une romance sombre mafia

Maître Féroce : Une romance sombre mafia

Maître Vicieux : Une romance sombre mafia

Maître Dépravé : Une romance sombre mafia

À PROPOS DE L'AUTEUR

J'adore écrire des histoires sur les garçons alpha en mafia qui ont du cœur malgré tout, des héroïnes féroces et des fins heureuses avec érotisme. Mes histoires ont des rebondissements qui vous inciteront à tourner les pages et à vous enflammer pour mettre le feu à votre Kindle.

D'aussi loin que je me souvienne, j'ai toujours été partante pour une bonne histoire d'amour. J'ai toujours aimé lire. Soudain, je me suis demandé pourquoi ne pas combiner mon amour de deux choses, les livres et la romance ?

Mon amour de l'écriture a grandi au cours des quatre dernières années et je publie maintenant exclusivement sur Amazon, tissant des histoires sur les mauvais garçons de la mafia et les femmes dont ils tombent éperdument amoureux.

Si vous avez aimé ce livre, suivez-moi sur Amazon, Bookbub ou l'une des plateformes de réseaux sociaux ci-dessous pour recevoir des alertes lorsque d'autres livres sont publiés.

Printed by Amazon Italia Logistica S.r.l.
Torrazza Piemonte (TO), Italy

75139686R00125